BABEL NOIR

sous la direction de Nelly Bernard

DU MÊME AUTEUR

CHEZ GALLIMARD

La Divine Surprise, collection “Série Noire”, n° 1429, 1971 ; collection “Carré Noir”, n° 545, 1985.
Les Panadeux, collection “Série Noire”, n° 1443, 1971 ; collection “Carré Noir”, n° 518, 1984.
La Marche truque…, collection “Série Noire”, n° 1473, 1972 ; collection “Carré Noir”, n° 554, 1985.
La Nuit des grands chiens malades, collection “Série Noire”, n° 1482, 1972 ; collection “Folio”, n° 2224, 1991.
Cradoque's band, collection “Série Noire”, n° 1493, 1972 ; collection “Carré Noir”, n° 373, 1981.
Les Trois Badours, sous le nom d'Alain Camille, collection “Série Noire”, n° 1544, 1972 ; sous le nom d'A.D.G. dans la collection “Folio policier”, n° 229, 2001.
Berry Story, collection “Série Noire”, n° 1586, 1973.
Notre frère qui êtes odieux…, collection “Série Noire”, n° 1662, 1974 ; collection “Folio policier”, n° 171, 2000.
Je suis un roman noir, collection “Série Noire”, n° 1692, 1974 ; collection “Carré Noir”, n° 468, 1983.
L'otage est sans pitié, collection “Super Noire”, n° 48, 1976.
Le Grand Môme, collection “Série Noire”, n° 1717, 1977.
Juste un rigolo, collection “Série Noire”, n° 1721, 1977 ; collection “Carré Noir”, n° 506, 1984.
Pour venger pépère, collection “Série Noire”, n° 1806, 1980 ; collection “Folio policier”, n° 153, 2000.
Balles nègres, collection “Série Noire”, n° 1825, 1981.
On n'est pas des chiens, collection “Série Noire”, n° 1862, 1982 ; collection “Folio policier”, n° 189, 2001.
Joujoux sur le Caillou, collection “Série Noire”, n° 2089, 1987.
Les Billets nickelés, collection “Série Noire”, n° 2124, 1988.
C'est le bagne !, collection “Série Noire”, n° 2134, 1988.
Kangouroad movie, collection “La Noire”, 2003.

CHEZ D'AUTRES ÉDITEURS

Les Enquêtes de l'inspecteur Beaugat, dessins de Loro et H. North, collection “Pilote”, Dargaud, 1980.
La Nuit myope, collection “L'Instant romanesque”, Balland, 1981 ; collection “Poche-numérique”, Editions Durante, 2003.
Le Grand Sud, Jean-Claude Lattès, 1987 ; collection “Le Livre de Poche”, n° 6623, 1989.
J'ai déjà donné…, le dilettante, 2007.
Papiers gommés, le dilettante, 2008.

J'AI DÉJÀ DONNÉ…

ISBN 978-2-7427-8020-4

A.D.G.

J'AI DÉJÀ DONNÉ...

préface de Sébastien Lapaque

BABEL NOIR

Pour Catherine Barnay qui n'avait pas oublié ce livre perdu et à Aurélien Masson sans qui il n'aurait jamais revu le jour, avec affection.

"... et permettez-moi de dire tout de suite que je rejette absolument le monde foncièrement médiéval, mesquin et commun, de Freud, avec sa recherche maniaque de symboles sexuels [...] et ses petits embryons amers espionnant, de leurs recoins naturels, la vie amoureuse de leurs parents."

VLADIMIR NABOKOV

"Comme d'habitude, je tiens à signaler que, comme d'habitude (et comme d'habitude, plusieurs personnes ombrageuses pour qui j'ai de l'affection en auront de l'humeur), la délégation viennoise n'a pas été invitée. Si malgré cela, quelque freudien résolu arrive à se glisser dans ces pages, qu'il (ou elle) soit averti qu'un certain nombre de pièges cruels y ont été disposés çà et là."

VLADIMIR NABOKOV

AVERTISSEMENT DE L'AUTEUR

Pas plus qu'un mari trompé n'a envie de reconnaître les dettes contractées par sa volage épouse, je refuse qu'on m'attribue les actions ou les opinions parfois répréhensibles de mes personnages. Accuse-t-on Alfred Jarry d'être le Père Ubu ou, au hasard, Vladimir Nabokov d'être le pervers Humbert Humbert de sa *Lolita* ?

L'ADIEU AUX PAYSAGES

Ce que j'ai aimé le plus au monde ne pensez-vous pas que ce soit les femmes, l'alcool et les paysages ?

PAUL-JEAN TOULET

Avant de mourir, A.D.G. s'était juré de régler son compte à Serguie Djerbitskine, dit Machin, son héros biberonneur, réactionnaire et tourangeau apparu dans Le Grand Môme *en 1977. Après cette aventure, Machin a poursuivi sa route dans* Juste un rigolo, Pour venger pépère, Balles nègres, On n'est pas des chiens, Joujoux sur le Caillou, Les Billets nickelés *et* C'est le bagne !*, suite de polars provocateurs et farfelus publiés entre la fin du septennat de Valéry Giscard d'Estaing et la réélection de François Mitterrand. De Blois à Tours et de Tours à Nouméa, A.D.G. a beaucoup promené Machin. Restait à le tuer. Ce qui est fait à la première ligne de la première page de* J'ai déjà donné…*, neuvième apparition de Machin. Quoiqu'on n'en soit pas tout à fait sûr. On ira donc jusqu'au bout de cette histoire joliment menée pour savoir ce qui s'est vraiment passé.*

Deux décennies après la publication de C'est le bagne !, *le voyage est loufoque et ensoleillé. Il permet de retrouver la géographie sentimentale d'A.D.G. et une suite de personnages inoubliables. Océane, la veuve éplorée de Machin, plus caldoche que jamais depuis* Joujoux sur le Caillou *; son fils Louis-Ferdinand qui a un peu grandi depuis* Les Billets nickelés *; Pascal Delcroix, avocat royaliste tourangeau et héros de* Pour venger pépère, *ancien officier parachutiste, faux cynique et vrai double de l'auteur ; Sophie, son égérie légère dûment épousée dans les années 1980 ; Moune, la fille adoptive de Delcroix qui n'a pas pris un poil de cellulite en vingt ans ; Rosine Déo van Vien, dite Souên, protagoniste de* Balles nègres *qui a ouvert un restaurant vietnamien dans le Gers baptisé "Auch-i-Minh-Ville" ; Jean-Charles Botmarine, dit Charbo, "myope lettré" du "Crédit Lionel" apparu dans* L'otage est sans pitié *; Xavier de Sainte-Crâque, directeur de* La Nouvelle République du Val-de-Loire *; le commissaire Hennique, façon de Maigret ligurien "à la rigueur de hanneton". Sans oublier Augustin, le héros du* Grand Môme, *et Joseph Pinto, le détective privé de* Juste un rigolo, *dont les ombres passent fugitivement dans le livre. Et naturellement, Serguie Djerbitskine, dit Machin, qui, pour avoir sa tombe dans le cimetière calédonien de Pataï, n'en occupe pas moins la plus grande partie de l'intrigue. Troublé par les circonstances de sa mort telles qu'elles lui ont été rapportées par sa veuve, maître Delcroix se voit remettre le manuscrit d'un roman écrit par son* *ami intitulé* J'ai déjà donné... *Cette histoire qui se déroule à Tours en décembre 1981 lui en apprend de belles. A vingt-deux ans de distance, l'avocat royaliste découvre par ailleurs que son copain Machin appartenait à une loge maçonnique de droite et avait d'étonnantes fréquentations.*

Comme il dynamite de l'intérieur les codes du roman policier grâce à la subtile mise en abîme de deux récits qui lui permet d'emboîter les rebondissements les uns dans les autres, A.D.G prend un malin plaisir à ridiculiser les mœurs et les fantasmes d'une extrême droite à laquelle il tire sa révérence dans un grand éclat de rire. "Compliqué Machin qui dissimulait son goût pour les travestis quand il se prétendait farouche orthodoxe au point de se signer à l'envers pour ce qui est de la religion et de professer un amour immodéré des dames, organisait des séances orgiaques quand il n'était qu'odes pour la famille et la patrie, était membre de la franc-maçonnerie quand il daubait les saucissonneurs du vendredi saint en tablier en peau de cochon..."

Mais le bonheur de J'ai déjà donné... *n'est pas dans ce croustillant règlement de comptes. Il est dans la poésie retrouvée d'A.D.G., dans ce mélange de trivialité et de préciosité, d'allégresse argotique et de nostalgie canaille qui est sa signature. Rien ne manque à ce dernier feu de joie : ni les provocations, ni les calembours, ni les néologismes, ni les gallicismes à jet continu (*achélème, bloudjine, ticheurte, *etc.). L'ultime tome de la* nonalogie *Machin renoue avec la petite musique des débuts du* Grand Môme, *le* *chef-d'œuvre d'A.D.G. à notre goût : "C'est sans doute parce que tout cela s'est passé en automne que maintenant, en y songeant, on trouve dans nos mémoires comme une douce odeur de feuilles mortes, de veillées aux châtaignes et de larges allées herbeuses qui semblent mener vers l'infini..."*

Oubliant Paris, A.D.G. n'avait qu'à fermer les yeux pour revoir les paysages qu'il a le plus follement aimés ici-bas : les bords de Loire à la première heure du soir, quand l'éclairage écarlate sur le fleuve est tamisé de bonheur, et ceux de l'extrême sud de la Grande Terre en Nouvelle-Calédonie, dans la nuit des tropiques balafrée par la Croix du Sud. Il était d'abord un écrivain des paysages absolus.

Depuis le 5 novembre 2004, A.D.G. repose à Véretz, Indre-et-Loire, non loin de son confrère Paul-Louis Courier, publiciste et homme de lettres, dans un petit cimetière de campagne avec vue sur le Cher.

SÉBASTIEN LAPAQUE

1

J'étais penché sur la tombe de Machin, dans ce petit cimetière de Païta, à la Nouvelle-Calédonie, au milieu des sépultures antiques des missionnaires maristes et des religieuses de l'ordre de Saint-Joseph-de-Cluny qui avaient en charge autrefois bagnards et femmes condamnées à la transportation.

La dalle était toute simple, en marbre rosé de Koumac, et portait cette inscription : *Ici repose pour l'éternité le journaliste Serguie Djerbitskine, 1945-* . Au loin, on voyait un morceau de Pacifique, grand comme un mouchoir de poche turquoise sous un ciel plus moiré.

— On ne sait pas exactement quand il est mort ? demandai-je à Océane, sa veuve putative qui se tenait à mon côté, pas trop accablée.

— Ben non, dit cette solide Caldoche à peine changée depuis la quinzaine d'années que je ne l'avais plus revue*, peut-être légèrement empâtée et

* Voir *Joujoux sur le Caillou* et *Les Billets nickelés*. Le lecteur se reportera à la bibliographie en début d'ouvrage pour avoir plus de précisions sur les titres cités dans ces notes *(N.d.E.)*.

bouffie par l'alcool et l'inaction. Quand on l'a retrouvé, ç'a déjà été tout un bigntz de l'identifier. Tu sais que les cochons lui avaient bouffé la gueule…

Les Néo-Calédoniens ne sont pas les êtres les plus distingués que j'aie rencontrés au cours de ma longue carrière d'avocat (trente ans aux cerises, j'approchais en cette année 2003 de la soixantaine à quatre ans près).

— Et il avait disparu depuis plus de deux ans, reprit la douce enfant qui avait donné un fils à mon défunt gros poteau, un gosse qui venait d'avoir dix-huit ans, qui était mon filleul et dont j'avais été jusqu'à sa majorité le tuteur mais que je n'avais pas réussi à entrapercevoir depuis deux jours que j'étais sur le "Caillou". Y restait plus que quelques os, le short et les claquettes. Va savoir pourquoi, les *pocas* sauvages n'aiment pas les claquettes…

— Et qu'as-tu fait ? demandai-je pendant qu'en retrait, Moune, ma fille adoptive qui me secondait à mon cabinet comme avocate stagiaire, zieutait Océane avec un air d'avoir envie de lui expédier une torgnole.

— Déjà, je bouffe plus de cochon, répondit Océane avec simplicité. Ensuite, j'ai identifié le short et les tongs de Machin. Le reste, c'était pas ça !

"Ça" avait été mon meilleur ami pendant deux décennies, de Touraine en Sologne, de Berry au Poitou, courant des aventures improbables, des gueuses propitiatoires, des celliers remplis de vins de mousquetaires. On s'était aimés, détestés, jalousés, battus, insultés, pardonné et Machin était devenu "ça", ces trois os dans un cimetière à vingt bornes de Nouméa où reposait aussi un écrivain pied-noir, Jean Brune.

J'avais lu le matin même de cette belle journée caniculaire de décembre, le rapport de découverte du corps bâclé par un gendarme indifférent. *Débris tissulaires jaunes fibrés coton, chaussures de plage bleues dites tongs, accompagnant un tibia, une rotule et un fémur gauche en partie dévorés, le reste du squelette dont les ossements plus petits ayant été vraisemblablement détruit par des animaux sauvages friands de ces restes*, avait scrupuleusement noté le pandore d'après les indications du légiste. Joli style képiteux, j'espérais seulement qu'il avait aussi de l'orthographe…

— Et c'est tout, avais-je demandé à Océane qui était venue me chercher à bord de sa jeep Cherokee à l'aéroport de la Tontouta, m'avait embrassé comme du bon pain (nous avions eu quelques… rapports il y a une paire de décennies, sans que Machin s'en soit offensé puisqu'il y participait…), rien d'autre ?

Elle avait également bécoté avec enthousiasme Moune qu'elle ne connaissait pas et mon ex-chipie tourangelle qui se la jouait autrefois un peu trop *Zazie dans le métro* avait esquissé comme un recul devant cette familiarité bien insulaire.

— Non, répondit Océane, déjà bien beau d'avoir à mettre quelque chose dans cette tombe qui nous avait coûté la peau du cul et qu'il avait fait construire de son vivant. Les flics étaient contents, le légiste idem, le juge d'instruction itou, tu connais qu'on n'allait pas se casser la tête pour peau de balle. Machin était mort comme il avait vécu. Comme un goret.

Je crus discerner dans cette dernière notation une espèce de réprobation à l'encontre du défunt mais je ne relevai pas. Il m'avait semblé, à l'haleine mais aussi à la bouffissure du visage, qu'Océane supportait mal les boissons d'homme et je savais depuis des lustres qu'elle ne maîtrisait jamais tout à fait ni son langage, ni ne dissimulait bien longtemps ses sentiments.

Elle était vêtue d'une jupe ample que tendaient ses larges hanches et d'un boléro de dentelle très ajourée rouge sang où ses épaules bronzées de nageuse soviétique jouaient des mécaniques bien huilées. C'était réellement encore une belle plante, aux mâchoires carnassières et à la lippe gourmande, les cheveux coupés à la garçonne. Elle fumait Dunhill sur Dunhill (je lui en avais acheté une cartouche en dutifrit) et ne se gênait pas pour en expédier les mégots sur les dalles alentour.

— Reste que la jambe gauche, alors ? interrogea soudainement Moune d'un air hostile.

Elle, à peine épuisée par le voyage qui, c'est vrai, s'était considérablement simplifié depuis la belle époque de l'UTA qui nous voyait escaler à Barheim, Singapour, Djakarta avant d'arriver à Nouméa et ne s'arrêtait plus qu'à Tokyo par Air France de Paris, puis prise en main par Air Calédonie International, affectueusement rebaptisée Air Câlin par les Caldoches, était habillée d'un tailleur chic qui devait venir de chez Chanel, gris souris sur un chemisier à col Mao et elle portait de très hauts talons aiguilles assortis au foulard Hermès qui serrait fortement son cou gracieux. Elle avait hérité de Sophie, sa mère adoptive, le chignon strict avec volutes légères sur la nuque, très châtain-chic, maquillée avec classe. Seuls ses yeux noisette étirés – comme si elle avait pris de Souên également – trahissaient encore l'effronterie native de la donzelle, ainsi qu'une pointe d'accent populaire qui lui venait de son enfance dans les achélèmes de la cité tourangelle du Sanitas.

— Et les claquettes bleues, insista Océane pour qui l'identité calédonienne passait manifestement par les pieds. Et le short que je lui avais acheté chez Ballande. Jaune.

Je ne prenais pas de notes et je restais impavide sous le soleil de l'hiver austral qui commençait à taper sur mon crâne que l'âge n'avait nullement dégarni, ce qui ne m'empêchait pas de porter un panama blanc de paille légère, un bloudjine noir et une chemise de la même teinte, non en hommage à Mussolini mais à Levi's, sous une veste légère de lin blanc.

Il y avait un mois environ que j'avais reçu à mon cabinet une lettre truffée de fautes d'orthographe d'Océane qui était pourtant institutrice, où elle me relatait la découverte du supposé corps de son concubin notoire au milieu de gigantesques fougères arborescentes du mont Koghi, à un quart d'heure en voiture du chef-lieu mais à une bonne paire d'heures d'ascension parmi cette forêt tropicale qui ressemblait à une peinture de Clovis Trouille ou du Douanier Rousseau. Les restes étaient à demi ensevelis dans l'humus profond de ce site primaire, seule la tête du tibia dépassait de la peu profonde excavation qu'une randonneuse zor'* avait découverte avant de tomber dans les pâmes d'émotion.

Elle me demandait de venir le plus rapidement possible en Nouvelle-Calédonie : un pour régler les détails de la succession de Machin, deux, faire la morale à leur fils devenu rasta, trois, grappiller un peu de fric sur la dépouille, quatre, raisonner mon filleul.

Elle ne me parlait que de ça depuis la veille : non qu'elle fût avide et elle ne savait que trop bien à quel point Djerbitskine était éternellement fauché, mais parce que éperdue de curiosité (on s'ennuie ferme dans les îles), elle voulait savoir s'il avait "laissé quelque chose". Puis son gamin l'inquiétait bicause comme tous les ados de son espèce, coiffé de dreadlocks, il devait consommer un peu trop d'herbe qui fait rire – *lepakalolo* comme je me souvenais qu'on appelait ici le cannabis –, écouter Bob Marley en continu comme si c'était un perdreau du XXIe siècle et, comme son gros papa défuncté, ne rien ficher à son lycée.

— Tu es sûr que TU ne veux pas rester à la maison ? interrogea-t-elle, ignorant délibérément ma fille-assistante (ces deux-là se détestaient copieusement d'instinct, malgré leurs sourires de convenance).

* Pour "zoreille" : comme à La Réunion et aux Antilles, métropolitain(e).

— NOUS sommes plus tranquilles à l'hôtel, émit suavement Moune en tapotant son émouvant chignon châtain. C'est central et en plus, c'est tellement beau…

Et c'est vrai que le Kuendu Beach, l'hôtel où nous étions descendus, était une pure merveille : bâti sur la presqu'île de Nouville, autrefois île et siège central du bagne calédonien, à l'emplacement exact de la ferme pénitentiaire, cet ensemble magnifique comportait des bungalows sur pilotis perchés sur le lagon. Henri Morini, le propriétaire qui était devenu un ami pendant les "événements" des années 80-85 où il s'était conduit en pur héros, récoltant au passage une balle de gros calibre dans le bide, tirée par les Kanaks, nous avait logés dans l'un d'eux, la construction étant assez grande pour accueillir toute une famille nombreuse de Wallisiens.

Océane, elle, habitait toujours le Mont-Dore, devenu quasiment une cité-dortoir de Nouméa aux portes du Grand Sud, où Machin avait vécu une aventure torride ayant rapport avec le pénitencier et dont j'avais été exclu*. Leur maison, une espèce de chalet de montagne néo-zélandais en bois, dominait la baie de Boulari avec une vue somptueuse sur l'îlot Porc-Epic et, au loin par temps clair, sur le Grand Récif et le phare Amédée.

— On va d'ailleurs rentrer, dis-je, le mahomed tape et il fait toujours soif dans les cimetières en plein midi.

* Voir *C'est le bagne !*

Nous sortîmes lentement en cheminant entre les humbles sépultures de tous ces religieux qui avaient donné leur vie pour sauver des âmes noires comme le charbon ; originaires pour la plupart d'Auvergne, Machin prétendait en rigolant à moitié que c'étaient eux, fils de bougnats, qui avaient donné son nom de *bounia* au plat national canaque qui consiste à cuire à l'étouffée ("mets éminemment étouffe-chrétien", ricanait le gros imbécile qui ne respectait rien, même pas lui) sous des pierres brûlantes de la viande ou du poisson emballés dans des feuilles de bananier. Il est vrai que nombre de missionnaires avaient été proprement boulottés par leurs ouailles, mais fallait-il croire cette étymologie farceuse ?

— On se verra demain, dis-je à Océane. Je monterai au Mont-Dore en fin de matinée…

J'avais loué une 206 Pijeot climatisée et Moune et moi nous y engouffrâmes alors qu'après un rapide bisou colonial (un baiser en caldoche se dit : se sucer la gueule !), Océane s'éloignait au volant de sa très coûteuse jeep Cherokee vert olive.

— Cette nana ment comme elle respire, observa Moune alors que je prenais la direction de la Savexpresse pour regagner Nouméa.

— Toutes les femmes respirent comme elles mentent, fis-je observer finement. Mais tu n'as pas tort : Océane nous cache quelque chose.

2

Nous allâmes déjeuner au Gibus, non loin du Haussariat ainsi que par contraction les Néo-Cal' appellent le Haut-Commissariat, qui n'est autre que le vieux palais du gouverneur. Mais le postcolonialisme a ses pudeurs que la politique de comptoir ne saurait dissimuler et Mireille, Mimi pour les intimes pour qui elle mitonnait des petits plats locaux de toute bonté, savait que l'homme n'est savoureux que lorsqu'il est bien nourri.

A la table voisine se tenait solitaire, un verre de Ballantine's contenant deux tintinnabulants glaçons, un vieux monsieur distingué, coiffé d'une casquette de capitaine de chaland et qui arborait sur son blazer le sigle du Cercle nautique calédonien, dégustant une entrée de grisettes à l'ail alors que Moune et moi avions opté pour deux douzaines d'escargots de l'île des Pins, de monstrueuses bestioles à la coquille claire délicatement chantournée, plat non inscrit sur la carte et interdit, nous avait charitablement avertis Roland Sartier. Il me semblait le reconnaître, sans pouvoir le situer, phénomène bien connu de ceux qui n'ont pas de mémoire et qui avait contraint le cher Jacques Laurent à baptiser du sigle DDS… ces personnes évanouies dans son cerveau fécond, premières initiales de l'expression : "Du Diable Si Je Me Souviens Qui Peut Bien Etre Ce Type-Là".

— Ne seriez-vous pas l'avocat métropolitain qui était l'ami de Machin ? interrogea l'homme qui avait remarqué ma mine dubitative. Maître Delacroix…

— Delcroix tout court, dis-je en souriant et en lui tendant la main. Je crois qu'on se connaît en effet, mais…

— Roland Sartier, dit l'homme à la casquette marine en serrant mon bout-dehors, j'étais journaliste moi aussi, je suis retraité aujourd'hui. On s'était rencontrés à l'époque à des conférences de presse. J'aimais beaucoup Machin, encore qu'il était imprévisible et un peu trop porté sur les liqueurs fortes…

— Imprévisible est le mot, glissai-je, même sa mort l'est, non ? Au fait, voici mademoiselle Monique Delcroix, ma fille et mon assistante…

— Ravi, esquissa le digne gentleman que j'avais effectivement croisé lors d'une conférence de presse lorsque Machin faisait le zigoto terroriste avec des réseaux clandestins aussi factieux que défectueux. Mais c'est vrai qu'il me manque : lui aussi comme moi était un dinosaure, un rescapé de la grande époque de la presse typographique, un homme qui avait connu les morasses…

— Maurras ? interrompit Moune, alors vous êtes royco comme mon papa ?

— C'est un terme d'imprimerie d'autrefois, corrigeai-je sévèrement à l'adresse de la jeune inculte, rien à voir avec les monarchistes. Que pensez-vous de la disparition de votre confrère, cher Roland ?

Mimi, qui apportait un petit salé de cerf (prononcez toujours avec trois “f”) à nos deux tables – nous avions opté pour le même plat de résistance qui ne nous résisterait pas longtemps tellement c'était fin bon –, lui épargna de répondre immédiatement et lui permit de réfléchir.

— Difficilement explicable, répondit-il enfin posément. Que je sache, Serguie n'était pas sportif au point de se risquer dans les monts Koghis qui sont plutôt escarpés et l'endroit où l'on a découvert son corps était très à l'écart de tous les sentiers. Par ailleurs, on a tout de même mis longtemps pour découvrir ce qui restait de son corps…

— De plus, il boitait, rappelai-je, il avait gravement été handicapé à la suite d'un coup de barre de fer sur la rotule assené par un méchant en Sologne ! En outre, on n'a pas retrouvé sa canne-épée en jonc, cadeau de son grand-père et dont il ne se séparait jamais. Les cochons sauvages n'ont tout de même pas l'habitude de briffer de l'acier géorgien en Nouvelle-Calédonie ?…

— Et si, glissa la péronnelle, il n'était pas clamsé – pardon, décédé – là où on l'a trouvé ?

— C'est une hypothèse, dit Roland Sartier en faisant un sort à la viande du corne molle qui avait la tendreté d'un marmot. Vous n'ignorez pas, bien entendu, qu'il avait quantité d'ennemis…

— En effet, murmurai-je plus bas encore que personne ne semblait prêter attention à notre échange, mais il me plairait assez que vous les énumériez, histoire de tracer un effectif de l'ennemi possible.

— C'est ce que Machin appelait le syndrome Coëtquidan de maître Pascal Delcroix, ricana Moune, au motif qu'il a fait Saint-Cyr.

Le journaliste à la retraite essuya ses doigts avant de compter dessus tandis que je me retenais pour ne pas prendre de notes, mais j'avais confiance en l'infernale mémoire de ma fille adoptive.

— Premièrement, la police, dit-il enfin, et singulièrement la gendarmerie avec qui, vous n'êtes pas sans le savoir puisque vous y avez participé, il avait eu bien des démêlés. Mais aussi avec les Renseignements généraux où il comptait aussi beaucoup de contacts, quand ce n'étaient pas des amis…

— Qui, par exemple ? m'enquis-je.

— Vous les verrez sans doute bientôt, sourit le charmant vieux monsieur. Troisièmement, le personnel politique en place, blanc comme noir, complètement inféodé au président Martin. Grand Satrape de l'Univers, Vénéré Maître des Consciences KanakoKaldoches, Petit Mineur et Gros Propriétaire et que notre ami ne gobait absolument pas, si je puis me permettre l'expression.

— Vous pouvez, décréta Moune dont la poitrine ferme sous le chemisier à col Mao semblait produire un effet certain sur notre ami Roland. Nous non plus on ne le gobe pas. Quatrièmement ?

— La bonne société nouméenne, dit-il en faisant vibrer son annulaire. Les frasques dipsomaniaques et les articles provocateurs de votre comparse ne se comptaient plus. Il avait même un temps, juste avant sa disparition, ressuscité *Force 10*, son "journal d'opposition et d'informations rigolardes" comme il l'avait sous-titré.

— Tiens, dis-je pensif, j'ignorais ça. Et *in petto* : "La belle Océane ne nous en a pas parlé…"

— Enfin cher maître, reprit le journaliste en finissant son verre de bordeaux, seul vin qui supportait bien le voyage depuis la métropole, et en caressant son petit doigt, cinquièmement, tous les Chers Frères des autres obédiences que la sienne…

— Quoi ? m'étranglai-je sur le sorbet de litchis que Mimi était venue déposer discrètement devant moi quand Moune s'attaquait bravement à une glace coco. Machin était devenu franc-maçon ?

— A ma connaissance, assena le fringant Sartier, et croyez-en un ancien Vénérable de son obédience précisément, il l'était depuis fort longtemps. Il l'était déjà en métropole en tout cas.

*

Pour arriver au Kuendu Beach Resort, il faut emprunter la digue rapportée qui relie aujourd'hui Nouméa à Nouville, ex-île Nou, passer devant le Camp-Est, l'ancienne prison du bagne et qui est toujours celle de la Nouvelle-Calédonie, longer les bâtiments restant dudit pénitencier qui abritent je ne sais quel centre culturel kanak, contourner l'ancienne chapelle, laisser à main gauche le sempiternel bagne dont on use de nos jours comme hosto psychiatrique et, après quelques virages dans les mimosas qui ont envahi tout ce bout de terre de malheurs au détriment de la flore locale, on arrive au bonheur sous sa forme la plus paradisiaque : au bord d'une baie enchanteresse au sable blanc comme une coquille d'œuf et aux fonds émeraude, l'hôtel où nous avions déposé nos valises.

Je regrettais bien de ne pas disposer ici de mon antique cabriolet BMW 1600, amoureusement bichonné et remisé dans la grange de la Boissonnière, ma propriété de Véretz, au lieu de cette banale 206 qui avait pourtant du chien dans les soupapes et démarrait comme un canon : Moune dans ma décapotable aurait pu davantage "s'emplir les yeux" des paysages d'azur et de verdure comme je l'y incitais sans cesse depuis notre arrivée sur ce territoire magique.

Six bungalows aux toits pentus revêtus de chaume de cocotier se détachaient comme des vaisseaux de ligne sur leurs pilotis de bois massif de houp plongeant dans une eau si translucide qu'on aurait pu la croire absente, n'était l'attroupement gracieux de centaines de poissons aériens. C'était plus que confortable, avec télé satellite, deux grands lits, une kitchenette moderne, une table à fond de verre, une salle de bains princière et, le meilleur est dans la fin, un somptueux Jacuzzi sur la terrasse, face au lagon.

— Je vais faire une sieste canaque, prévins-je Moune. L'escale technique à Tokyo a été un peu courte et je suis en plein déconnage horaire.

— Combien de différence avec la France ? demanda-t-elle en se désapant rapidement dans la salle de bains pour passer un paréo qu'on appelle ici un *manou*.

— Dix plombes en avance, répondis-je en bâillant. Et on ne dit pas la France, on dit la métropole. On est en France ici si tu n'as pas encore remarqué…

Pudiquement, à l'abri du manou, elle se glissa dans un maillot de bain deux-pièces aussi blanc qu'arachnéen. Ma fille était gracile, point bronzée du tout attendu qu'à Tours on préparait la Noël, mais ça ne l'empêcha pas de piquer une tête impeccable dans l'eau transparente depuis la plate-forme de notre bungalow et, étendu sur mon lit (il y en avait trois dans notre suite), de l'entendre éclabousser joyeusement les coraux versicolores.

Je m'apprêtais à plonger moi-même dans les draps de Morphée après m'être mis torse nu et en boxer-short quand la sonnerie discrète du téléphone retentit en me faisant sursauter. Raté pour le somme, petit !

— Maître Delcroix, dit la voix du patron en personne, on désire vous voir…

— Ouaip, bâillai-je derechef, et qui est-ce, mon cher Henri ?

— La police, maître, dit-il sobrement avant d'ajouter : mais vous pouvez y aller sans crainte, je le connais, c'est un tout bon…

— Envoyez ce tout bon, soupirai-je en me levant et passant un ticheurte qui représentait un lever de soleil sur l'île d'Anjouan, aux Comores (je raconterai un jour…).

Puis je sortis sur la passerelle reliant le bungalow à la terre ferme afin d'accueillir le visiteur. En contrebas, Moune faisait des bulles, la planche, la brasse indienne, jolie petite squaw au chignon défait et détrempé.

Quand le flic parut, j'eus comme un choc cinématographique : c'était exactement le sosie de Terence Hill dans *Mon nom est personne*, quand il ne fait rien qu'à embêter Henry Fonda : grand, bien découplé, des yeux angéliquement bleus sous une toison bouclée, ne lui manquait qu'un Colt Navy à la ceinture pour incarner le desesperado type, désinvolte, rigolard, imperturbable.

Il me tendit une main franche que je saisis tout aussi cordialement ; quand on a passé la cinquantaine, on a aussi passé l'âge des provocations improductives et j'avais dépassé également le stade "monanarchiste" où je m'étais complu pendant des décennies post-hussardes.

— Commissaire Gilles K., dit-il, des Renseignements généraux en général et des Jeux en particulier. Mais on m'a surnommé le Gecko. Merci de me recevoir.

Pour ceux qui l'ignoreraient, le gecko est un petit reptile inoffensif – ce qui n'est l'avis ni des phalènes, ni des petites sauterelles, ni des gros moustiques – qui vit la plupart du temps la tête en bas, attendu qu'il parcourt les plafonds et les murs avec une célérité digne de tous les éloges et ce, grâce à des pattes garnies de coussinets adhésifs. Dans toutes les contrées chaudes où il prospère, on le protège pour ses prestes et bénéfiques raids commando contre les insectes nuisibles et, comme son proche cousin le lézard, il présente la particularité d'abandonner sa queue sur place quand elle se trouve sectionnée.

Nonobstant, cela ne semblait pas être le genre dudit Gecko qui s'installa sur mon invitation à mon côté sur la terrasse dans un fauteuil de toile et contempla en souriant de mille impeccables canines et incisives, les ébats nautiques de Moune sans faire mine de cacher son admiration pour ses formes pourtant floutées par la transparence de l'onde. La belle n'avait pas vu que j'avais un visiteur et restait immergée en contemplant les fonds. Il faudrait que je lui achète un masque sous-marin, des palmes et un tuba.

— Maître Monique Delcroix est une nageuse émérite, dit-il. Et pas en eaux sombres, n'est-ce pas ?

Quand j'aurai appris à le mieux connaître, je m'apercevrai qu'il avait toujours l'air de pratiquer une espèce de double langage, mais avec la franchise la plus absolue et un air de se foutre de lui-même non moins absolument irrésistible.

— Pas comme moi, voulez-vous dire, commissaire ?

— Ttttt-ttt-tt-t ! fit-il avec un air de reproche. On n'ouvre aucune hostilité. Je ne suis pas là pour vous causer des ennuis, bien au contraire. Voyez-vous, Pascal… je peux vous appeler Pascal ?

— Oui, Gilles, répondis-je en lui souriant à mon tour.

— … j'étais un ami de Machin. Nous avons pris quelques muflées soignées ensemble, nous avons communié dans l'admiration de Robert Louis Stevenson, de Conrad et de Kipling. Il était des nôtres...

Il se moquait de moi ou quoi ? Croyait-il que j'ignorais que le dernier écrivain cité était un franc-maçon avéré et que *L'homme qui voulut être roi* n'était rien d'autre que le récit d'un putsch colonial à trois points ? Mais non, le Gecko semblait absolument au premier degré, sans arrière-pensée secrète, franc comme l'or du temple.

— Et alors, dis-je en contemplant un petit récif qui moutonnait au large à l'entrée de l'époustouflante baie de Kuendu, ça suffit pour que je vous fasse confiance ? Une biture, une poignée de main d'initiés et un signal de détresse pour empaqueter le tout ?

— Je vois, dit-il gravement, qu'on vous a déjà dit, à moins que vous ne le sachiez depuis longtemps, que notre ami avait des amitiés... sélectives. Figurez-vous que l'homme qui l'a recruté, il y a des années, était un ami à moi. Commissaire de police également. A la DST. Carteret, ça vous dit quelque chose ?

Je sursautai, comme piqué par une tarentule : si ça me disait quelque chose ? Mais Carteret avait été mon commandant de compagnie à Castres au 8e RPIMA* et je l'avais retrouvé, il y a bien des années, alors que je faisais la connaissance de la petite Souên**, qui nous avait quittés et tenait aujourd'hui un restaurant vietnamien dans le chef-lieu du Gers

* Régiment parachutiste d'infanterie de marine.

** Voir *Balles nègres*.

que j'avais rebaptisé finement "Auch-i-Minh-Ville" depuis qu'elle y débitait des nems et du porc au sucre d'ailleurs succulents.

— Le monde est petit, dis-je platement tandis que Moune s'apercevait enfin que nous avions de la visite et s'empressait de filer un crawl parfait vers l'échelle de coupée du bungalow.

— N'est-ce pas, rit silencieusement le Gecko, surtout quand c'est le bout du monde…

Moune arriva toute ruisselante sur la terrasse, se drapa dans une serviette de bain décorée de coquillages bleutés et je fis rapidement les présentations. Elle semblait plus subjuguée par les yeux quasi transparents du policier que par ses fonctions mais elle se reprit vite. Les femmes voient souvent avant nous l'essentiel de l'existentiel.

— Etes-vous ici en mission officielle, commissaire ? demanda-t-elle froidement. Y aurait-il des zones d'ombre dans la disparition de notre ami Serguie ?

Je contemplai le profil parfait du flic des RG qui ne broncha pas plus qu'un pourceau devant une bassine de perles pour dire enfin :

— Des zones, non. Maître, des provinces entières

*

Le Gecko était parti depuis une bonne heure alors que le crépuscule descendait sur l'anse Kuendu, brutal comme un coup de chien sans loup, comme il se pratique couramment sous les tropiques. Orientée plein ouest, la terrasse de notre vaste bungalow coiffé de chaume où Moune et moi, changés pour aller dîner, nous offrit devant deux coquetèles tout en camaïeu le spectacle grandiose et gratuit d'un coucher de soleil sur le Pacifique.

Comme un feu de signalisation, l'astre clignota du blanc ardent de la journée (où l'on avait tutoyé les trente-cinq degrés à l'ombre) au jaune chaleureux avant de mettre le stop en arborant un écarlate clinquant au-dessus de l'horizon. Manquait plus que de passer au vert avec le fameux rayon cher à Rohmer, mais il ne daigna pas paraître et nous vîmes le soleil plonger au-delà des récifs, incendiant les crêtes des petites vagues blêmes.

— Bon, on se regroupe, dis-je à Moune : Machin était franc-mac d'une obédience théiste plutôt de droite et ce depuis des lustres…

— Jamais il t'avait fait d'avances ? interrogea la gamine aux seins de marbre.

— Nenni, il se montrait même plutôt furieusement contre ces “mômeries”, comme il appelait les sociétés secrètes et autres confréries initiatiques. Or, son journal en était bourré, Xavier de Sainte-Crâque, son directeur, en était un membre éminent et on a appris par le commissaire K. qu'il passait toutes ses vacances avec Carteret, lequel l'avait coopté et à qui il ne cachait rien…

— C't'à-dire ? questionna indolemment Moune en s'étirant dans son ensemble veste-pantalon en coton grège, les pieds dans des sandalettes gris fer, son ample chevelure maintenue par un serre-tête noir, ce qui lui donnait l'allure d'un joli petit poney rubican. Il balançait ?

— Apparemment : ce qui se passait à *La Nouvelle République du Val-de-Loire*, dans sa gazette à scandales parisienne dont il était le correspondant en Touraine, au Petit Tonneau et même au palais de justice où il faisait des chroniques judiciaires. Le commissaire Carteret qui oscillait sans cesse entre DST, RG et SDEC précédant la DGSE le manipulait comme un pantin depuis plus de vingt ans et ici, le Gecko avait pris le relais. Tu l'as entendu comme moi, Machin aurait même été mouillé en 1985 dans la location du voilier qui avait servi à transporter la deuxième équipe du *Rainbow Warrior* à Auckland… Il aurait donc aussi travaillé pour les services secrets socialistes !

— Mazette, dit la drôlesse, drôle de cachottier mon simili parrain ! C'est pas lui qui aurait vendu la clé du champ de tir de Mururoa à Greenpeace par hasard ?

— Maître Pascal, fit une voix venant de la terre ferme, derrière nous, on peut vous parler ?

— Visiteurs du soir, bonnes poires, soupirai-je en me levant pour aller voir qui troublait ainsi la sérénité vespérale. Oui, on peut.

Apparurent alors deux silhouettes qu'on pourrait aimablement qualifier de typiques : lui était un Européen plutôt basané, l'air très latin avec une fine moustache, des allures de danseur de claquettes castillan (en fait, je le découvris vite, il était pied-noir d'origine italienne). Elle, une Mélanésienne plutôt forte mais flottant dans une de ces belles et amples robes "mission" décorées d'hibiscus amarante festonné de dentelles blanches, au teint fuligineux et une bouille hilare où ne se voyait que l'étincelante rangée de ses dents cannibales. Ils se tenaient par le bras, amoureux, complices.

— Roméo et Josette, dit l'homme bien charpenté, aux mains de maçon et je crus qu'il plaisantait mais il se révéla que c'étaient bien leurs vrais prénoms, qu'ils étaient les plus proches voisins et amis de Machin et Océane au Mont-Dore et que Roland Sartier les avait avertis de ma présence enquêtrice sur le territoire.

Roméo portait une grosse enveloppe de papier kraft qu'il me tendit avec cérémonie.

— On n'a pas trop le temps de causer, Dio cane, fit Roméo, mais monsieur Machin aurait sans doute souhaité que je vous remette "ça"… Lisez d'abord et passez nous voir ce ouiquende au Vallon-Dore, dit-il. On boira un coup.

— Ou deux, ou trois, fit Josette qui éclata d'un énorme rire d'ogresse qui réveilla toutes les roussettes* de l'ancienne île Nou.

Ils repartirent à toute vitesse vers leur voiture garée sur le parking, un pick-up Toyota rouge chargé de matériel et de matériaux de maçonnerie empilés sur de petits éléments d'échafaudage :

"Roméo Ladronne, travaux divers" était-il écrit en lettres noires comme l'enfer, agitant joyeusement la main, Josette riait toujours à perdre haleine.

* Grosses chauves-souris frugivores, endémiques et délicieuses.

J'ouvris la pesante enveloppe qui avait été scotchée d'importance, mieux que si on y avait apposé des scellés. Il s'agissait d'un tapuscrit d'environ deux cents feuillets dactylographiés sur la machine Underwood de Machin dont je connaissais par cœur les (mauvais) caractères.

— J'ai l'impression qu'on n'est pas près de dîner, grincha Moune.

— Commande à manger au restaurant du Kaori, dis-je en m'asseyant dans un fauteuil moelleux sous la lampe du bungalow autour de laquelle circulait un gecko affamé de moustiques.

C'était bien du citoyen Serguie Djerbitskine et, curieusement, ça se présentait sous la forme d'un roman, policier à ce que j'en perçus à première vue, tapé à la machine à écrire mécanique double interligne, sans une rature, preuve qu'il n'avait pas perdu la main ou tout du moins le doigté car, authentifiant l'auteur de ce texte, beaucoup d'accents manquaient ou avaient été détournés, Machin attribuant ces négligences à ses origines slavones.

Pour la commodité du récit (je mis trois bonnes heures à lire attentivement les quinze chapitres qui composaient cette "œuvre littéraire" qu'on va consulter maintenant), je précise qu'entre chaque chapitre, si besoin est, et il en est, Dieu me garde, plus que besoin, j'ai griffonné des commentaires.

Cette histoire qui se passait en 1981, je la connaissais en effet fort bien pour y avoir été intimement mêlé, ainsi d'ailleurs que Sophie, Souên et même Moune à qui je passais les pages au fur et à mesure que je les avais lues et annotées.

Sur le premier feuillet, en gros caractères de Letraset, figurait un titre qui pouvait être pris sous un double sens, suivi de trois points de suspension :

J'AI DÉJÀ DONNÉ…

CHAPITRE I

— … alors que je n'ai rien reçu, dus-je murmurer avant de m'enfuir comme un dément par les rues verglacées.

Jean-Loup était resté étendu, les yeux impeccablement fixés sur des étoiles qui, elles, clignotaient d'une vie secrète. Comme poudré par la mort, son visage avait perdu cet air de révoltante bassesse et de familiarité ironique qu'il arborait souvent. L'enseigne lumineuse absurdement rouge et verte qui proclamait en deux temps : “vit' fait… bien fait” s'appliquait peut-être à sa fin misérable dans ce fond de ruelle tourangelle, par une nuit de décembre. Il était allongé sous ce rouge, sous ce vert et chaque éclat de lumière artificielle lui donnait tour à tour la mine sinistre d'un Dracula de café-théâtre et l'aspect rubicond d'un joyeux vivant de brasserie allemande vaincu par la bière.

Ce ne serait qu'en le retournant sur le ventre, au petit matin, qu'on aviserait l'étroite plaie à la hauteur des reins, ouverture par laquelle la lame s'était frayé un chemin vers l'artère et la veine mésentériques supérieures, qu'elle avait sectionnées tels deux lombrics.

J'étais terrorisé, hagard, flottant en m'enfuyant vers le boulevard Béranger, quittant le vieux quartier reconstitué des Halles où l'enseigne de cette teinturerie continuait sans se lasser de proclamer au-dessus du corps de Jean-Loup qu'il était mort rapidement et qu'il l'avait bien cherché. Vit' fait, bien fait. Comment je n'ai pas glissé cent fois, comment je ne me suis pas empêtré mille fois ma mauvaise jambe dans ma bonne canne-épée, voilà un mystère qui me dépasse, comme quelques autres de cette nuit sèche et glacée.

Je traversai le boulevard sans prendre garde aux voitures, rares il est vrai à deux heures du matin dans Tours, coconné dans le brouillard de Loire et les brumes du Cher, émergeant magiquement ainsi qu'une île coralienne, de toute la blancheur de ses façades ravalées.

Je coupai droit au travers du quartier des Prébendes, me dirigeant vers la rue Roger-Salengro où habite mon ami et avocat Pascal Delcroix en compagnie d'un extravagant harem composé d'une fiancée de bonne famille, Sophie, d'une ondoyante Eurasienne, Souên, et de Moune, une horrible peste de quinze ans qui tient le rôle équivoque d'une trouble orpheline à la Zazie sauce *eighties*.

Car, à défaut de toujours retourner sur les lieux de son crime, un assassin court souvent chez son avocat.

*

Pascal Delcroix habite au-dessus de son cabinet qui jouxte le jardin des Prébendes, un trou d'ombre verte aux rocailles factices, aux cygnes hargneux fendant des eaux mortes ; avec un kiosque à musique qui appelle des orphéons à brandebourgs mais n'accueille plus désormais que des chenapans caparaçonnés de walkmanes.

J'étais en sueur, avec l'impression que, d'une minute à l'autre, la transpiration allait geler par l'effet du froid mordant et me laisser aussi inerte que le corps de Jean-Loup sous l'enseigne sinistre du quartier des Halles, pas loin de son studio d'où il était sorti en rogne, titubant, les pupilles dilatées par un choute d'héroïne.

Ce fut Moune qui m'ouvrit, enchifrenée dans un pyjama pervenche, ses grands yeux d'adolescente avertie me dévisageant avec reproche, comme si elle savait.

— C'est-y, miaula-t-elle, que tous les bistrots sont fermés ou que crédit est bien mort et enterré ?...

Je l'écartai sans mot dire et pénétrai dans le couloir où quatre patères soutenaient un manteau de ragondin (Sophie), une jaquette aux épaules rembourrées (Souên), une parka criarde (Moune) et un blouson d'aviateur kaki qui entendait démontrer que maître Pascal Delcroix, ancien membre d'un corps d'élite et toujours assidu aux réunions de l'Union nationale des parachutistes, n'était pas absolument partisan d'une démocratie pékine. Je m'affalai dans le profond fauteuil de cuir du cabinet de l'avocat. Ma mauvaise jambe, à la rotule jadis brisée à coups de barre de fer, avait de plus en plus de mal à supporter mes presque cent kilos de mauvaise graisse, mon foie vraisemblablement hypertrophié et, cette nuit-là, le poids intolérable de mes remords. Moune dut comprendre que quelque chose devait foirer quelque part car elle s'abstint de proférer une de ces plaisanteries salaces et déplacées dont elle a le troublant secret. Au-dessus de ma tête, un certain remue-ménage à trois m'indiqua que toute la maisonnée s'éveillait lorsque la petite boule fauve et pervenche claironna :

— C'est Machin ! L'a pas l'air dans son assiette…

Mon véritable patronyme est Serguie Djerbitskine mais, soit paresse indigène du Français qui refuse les langues étrangères, soit familiarité de comptoir qui eût fortement déplu à mon grand-père, officier de la cavalerie de la Garde dans l'armée Denikine, mort à Paris l'an passé, loin de son uniforme d'apparat – cuirasse bombée de hanneton doré, incongrus parements rosés – et de son cheval en chanfrein, après une vie de bravoure en 1917, de mortifiantes besognes en G7 et une vieillesse occupée à déposer des brevets pour d'improbables inventions, telle cette agrafeuse à punaises qui ne piqua jamais que ses vieux doigts noueux, on préfère m'appeler Machin, ce qui ne me dérange pas.

Pascal vit tout de suite que j'étais ivre, pelé de froid et en proie à une déroutante angoisse. Il fit ce qu'il faut faire dans ces cas-là : servir un grand verre de ouisquie J&B sans glace et renvoyer les femmes au lit, d'un trait.

— Je déteste quand tu claques des dents, dit-il enfin quand j'eus absorbé le breuvage moins pâle que son visage que je voyais reflété dans le cadre en métal poli d'un Topolino bigarré.

Pour lui être agréable, je me mis à les faire grincer tandis qu'il s'asseyait sur le bord de son bureau, disposant sa grande carcasse bien entretenue par le sport et le stupre dans une position inconfortable mais seyante, face à ma masse gélatineuse et tremblante écroulée dans le cuir brut du fauteuil Knoll.

De menus trottinements indiquèrent qu'à l'étage supérieur le petit monde féminin regagnait le lit commun, un ouatère-bed qui exhala un gargouillis sonore au reçu de ces trois corps.

Pascal et moi avions traversé bien des mésaventures, fleureté insolemment avec l'illégalité, bu d'innombrables verres de vins de pays, de liqueurs des hauts plateaux d'Ecosse, affronté d'intrépides salopards et d'horribles gueules de bois et, alors que nous atteignions les rives amères de la quarantaine, notre complicité – protectrice chez lui, faussement geignarde chez moi – ne s'était jamais émoussée parce que nous tenons notre amitié à carreau, sceptique et antiseptique.

— Alors bonhomme, dit-il quand ma mâchoire eut enfin cessé de produire le bruit ancien d'une craie rayant un tableau noir, quelle nouvelle connerie existentielle ?

— Existentiel mon marri, dis-je machinalement, à quoi il reconnut que le liquide ambré avait fait son effet sur mes nerfs et sur cette petite étincelle divine qui, ayant créé les hommes bêtes et méchants, permet que l'humour soit de droite et, comme son nom l'indique, la sinistrose de gauche. Et cela plus singulièrement encore depuis quelques mois, depuis mai 1981 pour être précis.

— Tu te souviens de Jean-Loup Muller ? repris-je en prenant une grande aspiration pour chasser la boule qui envahissait mon plexus, dure et fielleuse à la fois.

— Le brocanteur, enfin, l'antiquaire ? Celui qui…

— Celui-là, répondis-je en regardant fixement l'étagère où les lourds ouvrages de Droit contenaient toute la misère du monde transcrite en termes abstrus recouvrant une morne constellation de jours et de jours de prison. Il est mort…

Pascal m'invita d'un clin d'œil courtois à poursuivre tandis que je tripotais alternativement et d'un air absent ma rotule éclatée et le pommeau de ma canne-épée en jonc, ultime cadeau de *Diadouchka* Djerbitskine.

— Et, poursuivis-je en pensant que mon grand-père aurait également désapprouvé cela, j'ai retrouvé ma canne-épée plantée dans son dos, à la hauteur des reins.

— Tu l'as tué ? demanda doucement l'avocat.

Il s'était levé et, me tournant le dos, faisait pivoter sur son axe oblique un gros globe terrestre aux océans toujours bleus.

— Franchement, dis-je lentement, je ne sais pas. Non, je ne sais pas.

Commentaire de maître Delcroix :

Depuis des années, Machin s'obstine à dire et peut-être même à croire que je suis le pacha d'un gynécée composé de Sophie, ma compagne médecin que j'ai épousée après ces années quatre-vingt et dont j'ai divorcé récemment, de Souên, une jeune femme asiatique paumée que nous avons accueillie il y a des années et qui joue peu ou prou le rôle de gouvernante et, plus bassement encore, vu l'âge prépubère qu'elle avait à l'époque, de Monique, dite Moune, une gamine que Sophie et moi avions adoptée après, j'ai le regret de l'avouer, que j'ai tué son père afin de venger mon grand-père qu'il avait assassiné, une jeune femme de vingt-six ans aujourd'hui qui est mon assistante associée.

Ce harem imaginaire le fait, je le sais, fantasmer comme un goret qu'il est parfois. La réalité est plus prosaïque : si j'aime infiniment les femmes, ce n'est pas au point de les collectionner, du moins pas simultanément.

CHAPITRE II

Il me fallait, pour évoquer mes relations avec Jean-Loup Muller, revenir sur un passé lointain et passablement poisseux. J'étais alors jeune journaliste, dans la ville voisine de Blois, de cette *République du Val-de-Loire* dont j'étais devenu depuis chef des informations générales et j'avais épousé, par une sorte de désœuvrement qui coupa le souffle à tous mes amis, Gisèle, une jeune femme qui possédait un magasin de disques.

Jean-Loup était un de ses amis, d'école je crois. Homosexuel papillonnant, vif et drôle, ayant le sens de la fête, il s'était naturellement introduit dans notre couple disparate sans que j'y voie la moindre équivoque.

Parfaitement dépourvu de sens moral et même de loyauté envers ses goûts les plus affichés, Jean-Loup Muller appartenait à ce genre de petits goujats pervers à qui l'on prête une délicatesse tellement cachée qu'elle ne se manifeste jamais et il en démontra bien l'inanité quand je le surpris, une après-midi, en train de besogner vigoureusement ma femme, et dans mon lit.

Il paraît que le cas n'est pas rare de ces homos qui cachent leurs talents ambivalents pour mieux surprendre la vertu des épouses et la bonne foi de leurs maris mais, je l'ai dit, j'étais jeune et les grandes proclamations monosexuelles du répugnant gredin m'avaient ôté tout soupçon.

Une scène écœurante de comique croupier s'ensuivit qui me vit prendre mes cliques et donner des claques, divorcer d'avec Gisèle aux torts réciproques et uniquement par esprit chevaleresque, muter à Tours *allegro* pour entamer une vie de célibataire au cœur d'artichaut pendant que, je suppose, le couple immonde du brocanteur et de la disquaire poursuivait ses jeux et ses ris tératologiques.

— Il y a dix ans de cela, dis-je à Pascal, et depuis, Jean-Loup avait lui aussi quitté Blois et acheté un petit magasin d'antiquités à Tours, place de la République, en plein quartier des Halles.

— Je sais, murmura Pascal, je lui ai un jour acheté une couple de pistolets de duel. Tu le revoyais ?

— Je l'évitais comme si c'eût été une tarentule, protestai-je et puis, il était revenu à des mœurs plus unitaires et nous ne fréquentions pas les mêmes endroits. En outre, il était connu pour se camer, de plus en plus durement, et ce genre de sport participe du déplaisir solitaire. Je me souviens d'avoir vu son nom sur la main courante du commissariat central lors d'une overdose tragique, comme nous titrons au canard, mais, dans ces cas-là, on ne publie que les initiales.

— Exact, souffla Pascal, et je peux même te dire qu'il était venu me consulter. Par égard pour toi, j'avais refusé l'affaire et je crois qu'elle doit venir à la prochaine session.

— Tu ne m'avais rien dit, fis-je avec reproche.

— Contrairement à ta déontologie de journaliste qui n'en comporte pas, la mienne exige le secret professionnel. Mais je te dis que j'ai refusé de prendre son affaire.

Là-haut, le lit d'eau glouglouta pesamment, caverneusement et je fus un moment troublé par ce soupir liquide. Je savais que j'avais férocement haï Jean-Loup Muller et que, détestant être trompé – par moi ou par les autres –, j'avais souvent envisagé avec une douce volupté de le tuer mais que cette velléité s'apparentait à celle qui vous saisit quand, sur le point de vous endormir, une grosse mouche verte s'en vient cogner et bourdonner aux quatre coins de la chambre, qu'elle vous importune à un point rare mais que vous préférez, tout compte fait, ne pas vous arracher à la quiète tiédeur de vos draps.

A vrai dire, je n'avais pas assez aimé Gisèle (restée à Blois et qui pageotait avec un cocasse disciple du charlatan de Vienne, comme Nabokov nommait Sigmund Freud, amateur de grottes gluantes et de symboles glauques) pour entreprendre le passage à l'acte ainsi qu'eût pu le dire mon successeur psy, mais je gardais le sentiment désagréable d'avoir été joué, gros poupon benêt qui croyait qu'un pédé devait rester dans son rôle et ne surtout pas aller gambader dans les sillons orthodoxes des autres. Egalement celui d'une injustice notoire et, pour tout avouer, d'une bonne grosse vexation.

— Bien, reprit Pascal en allant écarter le lourd rideau de velours de la fenêtre et le froid sembla entrer dans la pièce, mais tout cela ne me dit pas ce qui s'est passé ce soir.

En effet et à moi non plus ça ne disait rien…

*

J'avais bouclé la dernière édition régionale de *La République du Val-de-Loire* vers dix heures du soir, comme d'ordinaire assez morosement et légèrement allumé par les rasades de vin blanc de Turquant dissimulé dans ma corbeille à papier.

Pratiquement toute la "une" était composée de reprises de dépêches d'agence (augmentation du coût de la vie, déficit aggravé du commerce extérieur, nouvelle victoire de l'opposition à une cent millième partielle) et il y avait belle heurette que le fracas des rotatives n'éveillait plus chez moi l'enthousiasme des premiers temps. La nostalgie n'est plus ce bel été où l'on court les chemins en quête du scoupe et du reste, par décence et quant-à-soi provincial, un quotidien régional se doit de considérer un scoupe comme vulgaire et déplacé s'il n'est pas révélé par un grand concurrent national.

Parvenu à un certain âge et à un certain poste de responsabilité, faire un canard comme le mien signifie ne plus bouger son cul, picoler plus que de raison ; mépriser ses lecteurs et, de vous à moi, rien n'est plus exaltant que d'écrire avec une paire de ciseaux.

Je repliai mes affaires, c'est-à-dire un reste de tartine de rillettes dans un papier d'aluminium. *Le Confort intellectuel* de Marcel Aymé (à relire tous les ans) et l'édition du jour de *La République du Val-de-Loire* qui contenait un pochon de daphnies destinées à Grisbi et Rififi, mes deux poissons rouges, quand Jean-Charles Botmarine, plus communément appelé Charbo (comme Charbovary*), un grand plus très jeune homme voûté et myope affecté aux archives, fit irruption dans mon bureau comme tous les soirs.

— Machin, dit-il non moins rituellement, le dernier au Petit Tonneau ?

J'acquiesçai avec lassitude. La tournée se jouerait au 421 (sa nénette, son tricassin), entraînerait une revanche et peut-être une belle et nous conduirait, avec le concours de quelque typo traînard, vers des revanches de revanches, des belles de belles jusqu'à atteindre la forme angoissante d'une pyramide posée sur son petit bout et dont l'équilibre serait aussi instable que le nôtre en dégringolant les trois marches de notre rade coutumier.

Pour atteindre le Petit Tonneau, il suffit de traverser la rue Nationale et d'enfiler la rue Gambetta, juste en face, laquelle se prolonge de la rue de Clocheville où est sis le commissariat central et autre *terra incognita* plus lointaine. Déjà, en sortant de la moiteur du journal où flottait encore la puissante odeur de l'encre d'imprimerie, on sentait que la nuit

* Voir *L'otage est sans pitié*.

allait se figer de gel. Au bout de la rue Nationale, tels ces papiers de soie qui protègent les enluminures dans les livres précieux, des lambeaux de brume voilaient le Pont-de-Pierre au-dessus de la Loire.

Après notre plongée dans le froid, d'un sas l'autre, Charbo et moi pénétrâmes dans le bar où nous fûmes accueillis par les vivats nasillards de machines à sous cliquetantes et désormais – l'épatant progrès ! – parlantes que maniopaient d'apprentis bacheliers. Des fouteboleurs au regard innocent et aux cuisses poilues, groupés sur deux rangs comme pour une noce congolaise (le marié était le gardien de but parce qu'il avait des gants), nous contemplèrent du haut de leurs photographies dédicacées, avant le match (les shorts et les maillots étaient immaculés), et le patron disputait avec un vieux typo – qu'est-ce que je disais… – une languissante belote de comptoir.

Nous nous perchâmes au zinc, non sans que Charbo, ce miraud lettré, eût essayé de me glisser en loucedé quelques vers de Georges Fourest dans le creux du cérumen et dont je ne retins, par pure malignité antimitterrandienne, que cette description du Panthéon où venait de descendre le président fraîchement élu :

Ce gâteau de Savoie ayant Hugo pour fève.

Charbo ne vénère que les petits maîtres littéraires et connaît des décamètres de vers par cœur, ce qui parfois ne laisse pas d'être sirupeux. Devant un verre de ouisquie, pour changer encore un foie, nous entamâmes en effet la sempiternelle partie de dés avec ses jetons versicolores, au fur et à mesure que la nuit et les tournées brouillent la vision.

A minuit, nous étions toujours là que Charbo récitait du Raoul Ponchon, que le patron détaillait un coup pas franc dans une surface de réparation et que le vieux typo racontait 36 avec des sanglots récurrents. Les lycéens avaient depuis longtemps abandonné les machines rutilantes qui continuaient d'afficher des chiffres magiques et la lenteur des cars de police passant dans la rue laissait mal augurer de la fermeté circulatoire de la chaussée lentement prise par le gel.

C'est alors que Jean-Loup entra et je ne le reconnus pas tout de suite, perdu que j'étais à tenter de retrouver le troisième couplet du *Grand Métinge du Métropolitain* afin de prouver au typo antique que c'était un chant particulièrement narquois et réactionnaire, ce dont il ne s'était jamais douté.

Jean-Loup avait grossi depuis notre commune période blésoise et ses cheveux bouclés et blonds paraissaient incongrus sur sa face bouffie. Comme à vingt ans (il en avait trente-cinq bien tassés maintenant), il continuait de s'habiller de manière extravagante mais cela ne choquait plus comme autrefois : de hautes cuissardes de cuir noir, un pantalon de soie moulant pour mettre en valeur la marchandise, une chemise à jabot de dentelle mauve sur laquelle n'était passée qu'une espèce de houppelande sans manches qui ne devait guère le protéger du froid.

Son entrée pétrifia les conversations mais comme il était grand et plutôt bien bâti, ne souleva aucune moquerie parmi l'assistance. Je jurerais qu'il ne me vit pas. Le regard fixe, la pupille écartelée et la sclérotique d'un jaune liquoreux, il commanda d'une voix brève un café et un grand verre d'eau glacée qu'il engloutit d'un trait.

— Je lui ai tourné le dos, expliquai-je à l'avocat attentif, mais d'ailleurs, il ne s'intéressait pas du tout à nous.

J'étais déjà passablement ivre et de cette ivresse particulièrement trompeuse qui vous fait croire que tous vos sens sont en alerte, que vos petits rouages cérébraux fonctionnent comme une noria sans fin, charriant des pensées immortelles et des idées neuves.

D'un air arrogant et teinté d'un accent canaille, Jean-Loup demanda à téléphoner et, sur la question du patron, affirma que c'était dans le département. Comme avidement, je tendis l'oreille. L'extrême irritation que je ressentais autrefois à son égard s'était réveillée, telle une palpitation nerveuse de l'estomac, incoercible.

C'était lui à présent qui nous tournait le dos, appuyé de manière nonchalante d'un coude sur le comptoir, la pointe de son pied botté posée sur le pourtour inférieur du tabouret.

— Tu en as ? interrogea-t-il dans le combiné sans même se nommer.

Je devais être le seul à entendre sa communication, Charbo s'étant lancé dans la description peu ragoûtante d'un désenvoûtement pratiqué par sa mère, la leveuse de sorts des achélèmes, sur une dactylo possédée par le Malin et par son chef de service, tandis que le vieux typo était remonté abruptement à février 34 pour vitupérer la réaction chiraquienne, ses pompeux et ses œuvres.

— Oké, je passe dans une demi-heure, dit Jean-Loup.

Puis, après un silence où il écouta la réponse, il se tourna à demi et, du coin de l'œil, je vis qu'il était contrarié.

— D'accord, trancha-t-il, passe, toi, à mon magasin.

Serais-je moins sagace et moins au fait des choses de la vie que j'eusse compris, quand il raccrocha, qu'il était en manque de came, que son fournisseur voulait être payé recta et qu'il ne disposait de liquide qu'en son petit magasin d'antiquailles situé sur la place de la République, là où chaque samedi se tient un monstrueux marché aux puces maintenant envahi par des marchands de neuf et des camelots d'outillage. Sa main tremblait légèrement quand il porta la tasse de café à ses lèvres et c'est d'une voix pour ainsi dire teintée d'affolement qu'il demanda combien il devait.

— … et alors, marmonnait Charbo, elle enfonce des aiguilles dans du mou de veau et…

— … d'ailleurs, disait l'ancêtre aux morasses, Pasqua n'est-il pas corse, comme le préfet Chiappe en février 34, ce qui prouve bien que…

— … ça fait quatre francs.

— Et ensuite ? interrogea sèchement Pascal Delcroix.

— Tu ne vas pas me croire, dis-je penaud. Curiosité professionnelle ou rancœur personnelle, quand il est sorti, je l'ai suivi.

M'excusant vaguement auprès du chœur en tics de mes compagnons de zinc et remettant au lendemain le paiement de mes tournées – je n'ai jamais été très gâté par les jeux de hasard –, j'ai remonté derrière lui la rue Gambetta.

L'air avait cette transparence bien particulière et bien propre du gel sur une ville, qui cristallise les sons, saisit les yeux et les narines d'un rapide coup de bistouri et vous acclame à la distribution des prismes du givre aux commissures de la bouche.

Jean-Loup passa très droit devant le commissariat où le factionnaire avait déserté sa guérite pour aller boire quelque vin chaud et se dégourdir les doigts en giflant quelque vagabond. Je fis attention à ne pas marteler le macadam de la pointe de ma canne et à étouffer le bruit poignant de ma claudication. Mais d'évidence, l'antiquaire ne se souciait nullement de ce qui se passait derrière lui et avançait d'un pas sûr, sa houppelande voltigeant comme une cape de vampire, ses cheveux blonds et bouclés de vieux Petit Prince à peine agités par les morsures du vent sec.

En longeant le square très romantique du Conservatoire, j'eus, tant sa silhouette se prêtait à ce jeu morbide, l'impression de suivre Gérard de Nerval dans sa dernière nuit d'errance. Mais ses chimères à lui n'étaient que de sales fantômes blêmes et peinturlurés comme des catins et il n'était que le héraut de l'héroïne.

— Epargne-moi ta littérature cadavérique, dit Pascal d'un ton exaspéré, avec ta filature inepte, tu me ferais plutôt penser à Peter Lorre dans *M. Le Maudit*...

Comme il marchait plus vite que moi et que l'alentour des pavillons des Halles était trop rectiligne pour que je puisse me cacher au cas où il serait enfin alerté par mon pas irrégulier, je lui laissai prendre un peu d'avance, sachant de toute façon où il allait. L'air froid n'avait en aucune manière dissipé mon ivresse et, au contraire, comme aiguisé mon ressentiment.

— Tu te prépares une belle préméditation, assura Pascal en me versant une nouvelle rasade de scotch pâle. Mais va droit aux faits, en ce moment tu lasses le jury et le président de la cour d'assises tambourine impatiemment sur ton dossier.

Je trouve pour ma part que cet avocat a une façon très spécialement peu encourageante d'aborder une affaire…

Au carrefour de la rue des Halles, alors que les pavillons éteints n'étaient plus qu'un mauvais souvenir architectural dans mon dos, il me sembla voir une voiture à l'arrêt, une de ces absurdes automobiles tout-terrain à la mode, aguichées de badges de rallyes lointains et qui ne font qu'aller d'un bistrot à l'autre, tous feux éteints mais le moteur Diesel ronronnant doucement, déboîter avec la tranquille vivacité d'un squale après notre passage.

— Peut-être une coïncidence, dis-je à Pascal qui prenait des notes studieuses.

Pour une raison que j'ignore, la place qui s'appelait "de la République" il y a vingt ans était devenue brusquement place de la Victoire peut-être toutefois avant l'arrivée des soces au pouvoir. Avions-nous remporté une victoire durant ce laps de temps ? Pas que je sache, non plus hélas que la République avait été abolie.

Le magasin à façade de stuc, éclairé par des projecteurs dans la vitrine, était situé sur la droite de la place, en regardant la Loire comme nimbée de friselis de fumigènes, et il était de fait que cette placette reconstituée, ravalée à foison et illuminée *a giorno* par de hardis lampadaires au fer forgé gothique, avait cet aspect convenu des décors d'une pièce d'Anouilh ou d'un film de René Clair, petite place de province idéale où, en attendant que les choses sérieuses commencent – c'est-à-dire les dialogues –, on voit passer une fillette poussant un cerceau, un garçon pâtissier portant un panier de gâteaux sur la tête, un rémouleur nonchalant faisant pendant à un vieux joueur d'orgue de Barbarie, un caniche noir avec un nœud bleu tendre à l'oreille, un aveugle somnambulique, un livreur de pains de glace enveloppés dans de la toile de jute, un agent de police débonnaire, un homme-sandwitch proclamant qu'il faut aller manger chez Joe et tant d'autres encore dont la rencontre ne peut être que fortuite mais que le metteur en scène a rassemblés dans un faux désordre bien étudié.

— Terminé, dit Pascal alors que je tendais la main vers le bouchon rouge de la bouteille de ouisquie. Alors, tu disais que la place de la République était déserte et très éclairée…

— Jean-Loup Muller, repris-je, ouvrit la porte de sa boutique avec un bec-de-cane qu'il extirpa d'une des vastes poches de sa houppelande (Pascal me fit les gros yeux). Quant à moi, je m'acagnagnagna, pardon je m'acagnardai dans un coin de la place, entre deux réverbères.

— La voiture tout-terrain ? interrogea brièvement le cher maître.

— Pas vu. Il avait allumé l'intérieur et je suppose qu'il était au fond du magasin car il n'ouvrit pas quand, cinq minutes à peu près après notre arrivée, quelqu'un frappa à la porte, très sec, comme avec une bague.

— Quelqu'un ! Un homme, une femme ?

— Je ne sais pas, dis-je piteusement et mon ami me considéra avec une sorte de reproche étonné. Il ou elle était engoncé dans une canadienne et il y avait un reflet dans la vitrine et maintenant, tu sais, les garçons ressemblent aux filles car avec les cheveux longs, etc.

Pascal cessa de prendre des notes et arbora un visage courroucé. Au-dessus, le gigantesque lit empli d'eau éructa violemment, tandis que dans la rue où se levait un jour opalescent, répondait l'écho caoutchouteux de poubelles vertes maniées par les fellahs éboueurs. J'étais bien fatigué. Mais Pascal me pressait et semblait décidé à ne plus tenir compte de mes omissions et contradictions.

— Ensuite, continuai-je, la… personne est ressortie et a disparu comme un elfe vers les brumes du fleuve et, toc, une minute après, Jean-Loup l'a imitée.

— Par où ?

— La rue du Grand-Marché. Tu vois, il habite près de la place Plumereau, un de ces studios, anciennes mansardes de logis historiques remises au goût du passé par une municipalité rétrograde quoique de bon goût, avec ces espèces de poutres apparentes passées au bondex et l'œil-de-bœuf dépoli dans les cacadous. Je l'ai encore un peu suivi, il est monté chez lui et, une demi-heure après…

— Tu es resté une demi-heure à attendre en bas, dans le froid ? Alors que tu pensais qu'il avait sa dose et qu'il était peu probable qu'il ressortît de sitôt ?

— Je n'avais pas sommeil, répondis-je, j'avais toute la ville à traverser pour regagner mon appartement et je reprenais des forces.

Cela dit dignement en louchant sur la bouteille au bouchon en nez de clown.

— Et il est de fait, repris-je, qu'il est descendu une demi-heure après son arrivée. Il marchait comme un automate et alors… et alors j'ai eu l'impression de vivre un cauchemar tout éveillé. Il s'est effondré devant moi, face contre terre, et dans son dos, profondément plantée, il y avait ma canne-épée dont je tenais encore le fourreau dans ma main.

Cette fois-ci, Pascal ne fit rien pour m'empêcher de saisir la bouteille que je renversai généreusement sur la table basse et dans mon verre. Il me regarda bien en face, se détourna enfin comme à regret et, écartant les lourds rideaux de velours, murmura d'une voix sourde :

— Serguie Naoumovitch Djerbitskine, tu me prends pour une bille.

Commentaire de maître Delcroix :

On aura saisi que l'étrange monomanie que Machin professait à l'égard des psychanalystes n'était pas naturelle, non plus que son aversion trop affichée à l'encontre des homosexuels. D'autant qu'il s'en trouvait dans son journal avec qui il entretenait d'excellentes relations.

Incidemment, j'ai le regret d'informer mes lecteurs que Le Petit Tonneau a été détruit et qu'à son emplacement aujourd'hui, on trouve la sortie de secours d'un grand magasin de vêtements.

Enfin, la relation du meurtre de Jean-Loup Muller est bien sûr aberrante, comme nous le verrons par la suite.

CHAPITRE III

J'avais sans doute bredouillé d'autres calembredaines et autres improbables demi-vérités mais il va de soi que maître Delcroix ne les avait pas écoutées et je m'étais réveillé sur le canapé de la salle d'attente avec une gueule manifestement destinée à être serrée dans une mordache pour être traitée direct à la gouge sans souci des copeaux.

Au vrai, c'était Maryse, la rouquine et tyrannique secrétaire de Pascal, génitrice d'un nombre révoltant d'enfants, qui m'avait secoué en arrivant à son poste et fait émerger de mon rêve de menuisier appelant l'Alka-Seltzer d'autorité.

— Vous deviez être encore dans un bel état, groumiona-t-elle tandis que je ramassais les morceaux épars de ma vêture et de ma dignité (boutses sur une chaise, gilet de mon costume velours vert côtelé trois-pièces répandant ses tripes sur la moquette, canne miraculeusement rangée dans le porte-parapluies).

Manifestement, tout le monde était parti et je m'en assurai en allant prendre un bol de café dans la cuisine du premier étage où Moune avait laissé d'abondantes traces de cornes-flasques sur la table, Souên des picorements d'oiseau des îles et Sophie un ordre impressionnant.

Que Pascal m'ait abandonné ainsi seul dans la mistouille n'était guère dans son style et fallait-il que je l'aie exaspéré avec mon histoire à mourir debout. Je regagnai le rez-de-chaussée et, à la grande indignation de la prolifique rouquemoute, m'installai sans vergogne dans le bureau de l'avocat. Il était neuf heures et quelques à son horloge comtoise et j'estimai qu'il devait déjà y avoir quelques esclaves au journal, débutants zélés ou vieux briscards rusés venant passer leurs communications internationales en douce.

Après une brève attente téléphonique, je mis en effet la pogne sur un jeune homme dans un des bureaux, photographe d'occasion (au sens qu'il ne faisait guère de neuf) et que je poursuivais de ma vindicte au motif qu'il ne buvait que des boissons non alcoolisées ce qui est, on en conviendra, la pire manière pour réussir dans le journalisme. Je me nommai et m'enquis des nouvelles. Le bleubite parut surpris à la fois par ma matutinalité et par l'intérêt inusité que je portais à l'information locale.

— L'oiseau déjuchant tôt en a plein le paletot, dis-je impatienté. Racontez-moi tout, mon enfant, sauf les accidents de la circulation et les suicides par le gaz.

Ânonnant péniblement le double spectral de la main courante du commissariat voisin, il entama une longue litanie où le sordide le disputait à l'insignifiant : bagarres d'ivrognes à La Riche, roulottage autour de la gare, Portugaise défenestrée, quelques OPP sur la VP ainsi que se traduit en style administratif un pissou dans un caniveau (Outrage Public à la Pudeur sur la Voie Publique, sans crainte de la redondance), un viol dans le jardin du musée, à l'ombre centenaire du grand cèdre libanais et de Fritz, l'éléphant naturalisé et de multiples carambolages dus pour l'essentiel au verglas et à l'alcool.

A ce qu'on pouvait en savoir, les socialistes étaient encore là après quelques mois consacrés à installer des ministres communistes au gouvernement, à subir une foultitude d'attentats socialistes à Paris et à publier un bulletin de santé présidentiel éhontément mensonger. Au plan local, la nuit tourangelle avait dégorgé tout le sel de son ennui et rien n'indiquait qu'un homosexuel notoire, antiquaire connu et drogué fiché, avait été retrouvé assassiné à l'aide d'un instrument non contondant, en plein quartier des Halles, très fréquenté depuis qu'il se prend pour Saint-Germain-des-Prés, sous une enseigne clignotante rouge et verte qui proclamait : “Vit' fait… bien fait… vit'…”

*

Rapidement, je tâchai de m'y retrouver dans ce monde chancelant où il y avait déjà des hiatus entre ce que j'avais vécu et ce que j'avais raconté et qui, ce matin, m'offrait en prime une distorsion pénible entre ce que j'avais raconté et ce qu'il devait en advenir.

En bref, j'étais dans le potage.

En plus, l'absence des habitants de cette maison ne laissait pas de m'inquiéter. Que Moune soit au lycée, admettons. Que Pascal soit au palais passe encore. Que Sophie ait pris l'acné des champs vers son cabinet de dermatologue, c'était logique. Mais que Souên, la fragile petite Viet de qui j'avais été peu ou prou amoureux dans le passé, Souên avec son émouvant visage isocèle bouffé par des yeux trop grands quoique bridés, ne soit pas au logis dont l'organisation particulière et quelque peu machiste de son seigneur et maître lui avait assigné l'intendance, voilà qui me dépassait.

Puisque ces mystères s'organisaient, je feignis d'en être le dépasseur et, sans le concours de Maryse qui boudait derrière son Olivetti, je hélai un radio-taxi. J'avais eu cette nuit ma dose de marche à pied.

Le taxi roulait lentement à cause du verglas que les employés municipaux de monsieur Jean Royer n'avaient pas encore salé aux petits arpions. Je me fis déposer rue Bernard-Palissy, pas loin de la gare, où j'habite au-dessus d'un bistrot foncièrement pittoresque nommé Chez Berthe, nonobstant ses changements de propriétaires trimestriels, où il fallait remonter aux années soixante (le ya-ya-twist) pour avoir souvenir d'une créature du sexe féminin portant réellement ce prénom.

Braqueurs de clapiers, chouraveurs de fils électriques et pâles protecteurs des pauvres tapins qui œuvrent autour de la gare et sur le boulevard Heurteloup se retrouvent là de toute éternité autour d'un pastis en essayant de recréer, vraisemblablement à l'instigation du syndicat d'initiative, l'ambiance des fortifs parisiennes, de la cour des Miracles ou du quartier marseillais du Panier. C'était poignant comme la reconstitution d'une exécution capitale au musée Grévin.

Je n'y avais jamais mis les pieds ou alors par inadvertance et sous l'influence de boissons d'homme, mais malgré tout, c'est le seul endroit répertorié de la bonne ville de Tours où l'on pouvait rencontrer quelques spécimens de cette race de brontosaures fragiles des bronches qu'on appelle le Milieu (résonnez, majuscule !) et le tam-tam urbain fonctionnant parfois plus vite que les dépêches d'agence, j'avais une petite chance, au titre du voisinage, d'apprendre certaines choses que je savais pas belles.

Accoudé au comptoir dans une attitude héroïque, un individu, engoncé dans un manteau de cuir noir qui devait provenir des stocks de la Gestapo de la rue Lauriston, sirotait un blanc limé. Portant sur un corps obèse la tête farouche d'un petit vieux jockey plissé, il ne m'était pas tout à fait inconnu, s'occupant pour la frime d'un club de pétanque mais pratiquant en fait ce jeu sur les bords de la Loire dans des parties à dix sacs le point*. Le chapeau chinois tintinnabulant posé en équilibre instable sur la porte attira son attention sur mon entrée, mais, en revanche,

* 15,24 euros.

ne fit pas sortir de l'arrière-bar l'homme de paille gérant des lieux qui devait mettre au point la prochaine faillite.

Hormis le jockey éléphantesque et moi, personne d'autre ne hantait le rade, et je m'accoudai de concert auprès de l'escroc du carreau qui, je m'en souvins, s'appelait Fred.

— Je tire ou je pointe ? demandai-je astucieusement en montrant une bouteille de ouisquie accrochée à l'envers, prête pour la perfusion.

Il haussa les épaules, attrapa un verre et entreprit lui-même le pompage, un coup pour le bébi, deux coups pour les Hommes. Je remerciai et enchaînai, diaboliquement insidieux :

— Fait pas chaud ce matin, hein ?

Il eut un regard atone dans lequel on pouvait lire que qu'est-ce que ça pouvait bien lui foutre et je vous demande pas l'heure qu'il est et c'est-y que vous seriez de la police, par hasard. Je sortis ma carte de presse de mon portefeuille et il en admira le tricolore, les timbres annuels superposés et mon nom aristocratique qui tenait trois lignes.

— C'est différent, admit-il d'une voix étonnamment fluette en terminant son breuvage diaphane.

Le vieux truand est sensible à l'épopée ainsi qu'à celui qui la conte et on ne compte plus les travailleurs à mitan qui se sont laissés aller en pensant à Papillon et à ses fabuleux tirages. Je saisis l'opportunité de son verre vide pour le prier de rhabiller nos gamins, ainsi qu'il se dit dans ce microcosme au langage imagé et aux ouisquies presque au saut du canapé. Franchement, ça n'est pas de la tarte.

— Pour faire froid, je dirais même qu'il caille, dit-il par politesse avant que de trinquer d'un air cauteleux.

— Par un temps sec comme ça, soufflai-je dans un clignement d'œil, ça devrait marcher pour les paris.

— Vous êtes amateur, monsieur ? s'enquit-il poliment, la politesse qu'il réservait aux caves avant de les dépouiller proprement en contrebas du Pont-de-Pierre.

— Non, dis-je, et je le regrette mais je ne vaux pas triplette. En revanche, je suis amateur de tuyaux.

— Je n'ai pas cet article en magasin, dit Fred avec un sourire amène. Puis à la cantonade et en direction de l'arrière-boutique : Régina, l'addition de ce monsieur, sa canne et son chapeau, il nous quitte…

Sortit alors de derrière un rideau en perles de cristal, bouts de bambous et bouchons de champagne, une autre œuvre d'art. Drapée dans un sari bleu layette, chaussée d'extravagants cothurnes, le front ceint d'un bandeau lilas, une espèce de frère jumelle de l'excellent acteur tourangeau Jacques Villeret gagna son tabouret derrière le zinc.

— J'ai ma canne, dis-je, je ne porte pas de chapeau et, quant à l'addition, attendez donc que je remette ça.

Le nommé Régina me coupait quelque peu le souffle. Je sais bien que le Milieu, rejetant le folklore, cherchait à se mettre au goût du jour qui n'est pas toujours excellent, mais l'engin attigeait fortement dans la caricature follesque. Le vieux Fred avait l'air courroucé et je me demandais si cet arsouilleur n'en croquait pas quelque peu. En tout cas, nous étions là tous les trois entre hommes (!) de poids, à chacun son quintal en attendant son guindal.

— Heu... dis-je à Fred en souriant affablement, que diriez-vous d'un petit article soin-soin avec photos sur le champion de pétanque des bords de Loire, interviouves des charmants vieux retraités qui y ont bouffé leur mandat mensuel et démonstration de la tactique qui consiste à jouer la première partie comme un nave pour attirer le chaland ?

— Ressers-nous les guindals, dit fermement Fred à Régina, lequel opta pour un lait grenadine. Alors comme ça, vous êtes amateur de tuyaux ?

— Notre ami Régina va sans doute nous être utile, assurai-je avec courtoisie. Jean-Loup Muller, ça vous dit quelque chose ?

— Le chou broc de la placette de la Victoire ? minauda Régina avec un brin d'exagération. C'est elle qui m'a vendu ça...

Il désigna d'un index boudiné un tas de raclures peintes néo-années-folles (leur genre !) dans des malaises de cadres, ornant les murs de façon incongrue. Pour être bien tombé, même bas, j'étais bien tombé mais le hiatus continuait son ravage : je ne me souvenais pas d'avoir jamais vu, même rentrant bourré, cette espèce d'éléphant rosé trônant Chez Berthe. De plus, ledit pachyderme ongulé en faisait tout de même des tonnes dans le style tournedos. Ses petits yeux plissés, aux paupières khôlées, me considéraient avec ironie pendant que je cherchais mes mots.

— Savez-vous, interrogeai-je avec précaution, où je pourrais le trouver ?

— Mais dans son magasin, ma choute, dit Régina en sortant dandinant de derrière son rade (essayez donc de marcher avec des cothurnes quand vous pesez cent kilos et vous mendierez des nouvelles chaussures).

Il vint se coller trop près de moi, empestant un patchouli qui, comme le reste, était trop convenu pour être honnête, une moue aguichante distordant ses lèvres grassouillettes de bébé-dugong.

Le temps resta suspendu jusqu'à l'intrusion cristalline du chapeau chinois de la porte, pause dans le vertige spatio-temporel où je flottais comme une jaquette depuis que j'avais quitté le Petit Tonneau, la veille au soir, temps de pause et pose toujours tu m'intéresses.

— Police, vérification d'identité, dit, sans surprise, la voix rogue de mon vieil ennemi le commissaire Hennique.

Commentaire de maître Delcroix :

Pour l'avoir rencontré(e) par la suite, je puis témoigner que Régina était un travesti, certes un peu enveloppé mais pas cette caricature grotesque que Machin se plaît à décrire. Elle avait même un certain charme rétro et sa vêture n'était pas aussi carnavalesque qu'il la décrit. Quant à Fred, c'était un individu passe-partout, pas plus inquiétant qu'un Raffarin à qui il ressemblait quelque peu si j'avais connu M. Raffarin alors.

Pourquoi mon gros pote disparu s'est-il plu à travestir, lui aussi, la vérité ? Fallait-il qu'il soit malheureux et aigri quand il écrivit ce tapuscrit poignant…

CHAPITRE IV

Ce n'est pas que je n'aime pas les flics. En vérité, je les déteste et si je faisais une exception pour Michel Hennique, c'est que sa rigueur de hanneton, la longueur proustienne de ses phrases les plus gendarmo-prudhommesques et la monotonie appliquée de ce qu'il appelait comiquement son Devoir, me le rendaient attachant à force de désespérante platitude.

En habitué du sérail, Fredo avait entrouvert son manteau de cuir gestape et appuyé les deux paumes de la main entre les postères de deux gisquettes 1925 sur les murs et deux mannequins bien réels en bon uniforme entrés sur les pas du lardu, précédant une horde d'embourgeois aux yeux luisant de convoitise. Toute son attitude suggérait qu'il m'avait attiré dans un guet-apens. Goguenard, Régina se laissait palper le kimono bleu doux et extirper d'une large ceinture abdominale un époustouflant poignard au profil de kandjar.

— Eh bien, eh bien, dit un jeune inspecteur innocent, mais c'est qu'elle ferait mâle, la chérie !

— Tut-tut-tut, désapprouva le commissaire qui trouva lui-même sous l'aisselle du cher vieux Fred un holster contenant un Colt, modèle Diamondback, titrant .38 spécial.

Si l'on veut bien considérer que ma canne recelait une épée dont la lame était à peine inférieure au pouce dans sa largeur et n'excédait pas cinquante centimètres en longueur, on conviendra aisément que la situation était blécharde. Sans compter qu'elle était plantée la nuit précédente dans le duodénum, le sacrum et le plexus sacré d'un monsieur qui avait été l'amant de mon ex-femme, sur les pas de qui j'étais sorti d'un bar mais dont, légère consolation, le cadavre n'avait pas été retrouvé.

— Alors, monsieur Djerbitskine, articula Hennique pendant que les deux pendards de Fred et Régina se voyaient dotés d'une paire de cadènes cliquetante, j'ai l'impression que vous étiez en conciliabule avec ces deux individus appréhendés après qu'ils eussent été trouvés porteurs d'armes prohibées...

Le soudain élan d'un inspecteur à l'oreille fine vers l'arrière-officine du rade me dispensa de répondre à ce qui n'était pas du tout une question. On entendit une galopade sourde et, trois minutes après, alors que s'étaient rués sur ses talons deux poulets en uniforme, on les vit revenir tous trois, déconfits et essoufflés.

— Il a pu filer, dit le jeune sportif en civil, ça donne sur une cour qui donne sur la rue Bernard-Palissy et...

— Ces messieurs-dames, coupa Hennique sans ironie, vont pouvoir nous raconter tout ça paisiblement dans nos bureaux.

— Attention, dis-je, ayant retrouvé le sens de la parole et serrant d'un geste que j'estimais naturel chez un claudiquant notoire ma canne contre mon bide, un instant ! Je ne vous suis pas dans vos bureaux bien chauffés, moi, je suis un paisible consommateur, moi, j'habite au-dessus, moi, je ne faisais que passer, moi, et discuter du temps qu'il fait…

— Vous m'expliquerez tout ça sur procès-verbal, monsieur Djerbitskine, dit Hennique, son gros visage glabre ne reflétant rien qu'un ennui impassible. Estimez-vous seulement heureux qu'eu égard à vos fonctions, je ne vous fasse pas passer les menottes.

Effectivement, ça manquait dans le tableau et notre sortie de Chez Berthe, déjà pittoresque en soi avec Régina, son bandeau lilas et ses cothurnes gréco-tapins, Fred made-in-carlingue, encadrés par un couple de flics teigneux, n'aurait pas manqué de passionner le voisinage si je m'étais joint à la parade, voisinage qui ne me porte pas une affection notable à cause, je suppose, de certaines de mes rentrées nocturnes, sonores et trébuchantes.

Toujours eu égard, on ne me fit pas grimper dans le panier à salade où le couple maudit fut hissé sans ménagement et j'eus droit, sous les acclamations enthousiastes de la crémière qui buvait du petit lait, à la 504 sombre du commissaire principal.

Nous remontâmes la rue Bernard-Palissy, semant derrière nous un flic en faction devant Chez Berthe, qui fut vite assailli de questions par les commerçants et les péripatéticiennes rallégeant des asperges aux rencards.

— Vous allez entendre parler de moi, dis-je raidement à Hennique dont l'automobile faisait le tour du square François-Sicard avec la dignité d'une auto-tamponneuse conduite par un centenaire. C'est un déni de justice…

— La justice n'est pas encore concernée, répondit-il, négligeant le pimpon pour rattraper le fourgon déjà arrivé rue Nationale, par contre, je serais ravi de vous entendre parler de vous.

— En revanche, conclus-je bougon, je hais les gens qui disent "par contre", "ceci dit" et "au niveau de".

— Je tâcherai de m'en rappeler, dit-il sérieusement en entrant dans la cour du commissariat de la rue de Clocheville.

*

Serrant toujours ma très compromettante canne contre moi, j'attendais, assis face à un inspecteur fastidieux qui jouait depuis cinq ans tous les jours au flippeur du Petit Tonneau, qu'il finisse de relever mon identité. Je suis noble, mais d'une noblesse slave il est vrai. Ou magyar. Ou moldo-valaque, il y a des moments où je ne sais plus.

Le commissaire Hennique avait disparu, entraînant dans ses abysses personnels le couple de maudits piégeurs à la glu qui me valaient de décliner au tilteur morose d'invraisemblables quartiers de noblesse magyare et de jouer à l'ours face au boyard :

— *Boje moï !* Moi pas comprrrendrre pourrrquoi moi ici trrou à rrat occidental ! *Nou !* Moi *groust'i toska* (chagrin et tristesse) êtrre aux mains bolcheviques…

Et cætera pour écœurer le maroufle, le tout avec l'accent délicieux que plus de cinquante ans de vie parisienne n'avaient pas réussi à faire perdre à mon extravagant inventeur d'agrafeuse à punaises de *dadiouchka*.

Ce n'était pas la première fois que je me retrouvais dans cet antre puant, face à la police et à des problèmes et, pour autant que personne n'avait songé à inventorier le contenu de ma canne, j'étais tranquille et parfaitement résolu à m'amuser de la situation : un coup de téléphone à mon ami et avocat Pascal Delcroix qui viendrait injurier avec sang-froid et dans les règles l'abusif commissaire, le lendemain un petit billet dans *La République du Val-de-Loire* sur les fonctionnaires qui se souciaient de la liberté de la presse comme de leur premier bulletin de loto et il n'y paraîtrait plus, sinon une ride de plus sur le beau front dégarni d'Hennique et une tournée générale au Petit Tonneau (où, je m'en avisai soudain, j'avais laissé la veille ma serviette contenant *Le Confort intellectuel* et le sachet de daphnies destiné à mes carassins dorés Grisbi et Rififi en hommage au grand Albert Simonin et à Auguste Le Breton).

L'intransigeant lardu passa enfin la tête par l'entrebâillement de la porte (ô sainte guillotine !) et me fit signe muettement de le rejoindre.

Dans le couloir, je croisai Fred et Régina, toujours cadenassés et encadrés de près, qui me jetèrent un surprenant regard de haine et même, de manière imprévisible, Fred me bouscula sauvagement de l'épaule en hurlant :

— Salope ! Balance !

— Sagittaire, répondis-je machinalement (mon adjectif sobriquet), abasourdi par cette sortie incongrue, tandis qu'on les emmenait, Régina tanguant sur ses hauts cothurnes, Fred se débattant en criant des injures incompréhensibles.

M'asseyant en face d'Hennique qui avait suivi ce rapide échange avec un même intérêt, je fus saisi à nouveau par cette intolérable angoisse d'évoluer dans un univers glauque et parallèle où Machin n'était pas vraiment dans ses cale-pieds, mais dans un sprint au ralenti et en lévitation au-dessus d'une épaisse couche de purée de pois cassés.

Pourquoi diable ce vieux gentleman ridé qu'était Fredo-l'Arnaque, cheval de retour de tous les manèges truqués, commençait-il par, premièrement, me faire tomber dans un traquenard sordide (*qui* était planqué dans l'arrière-bar et s'était enfui ?), pour, deuxièmement, me traiter de donneuse dans les locaux du commissariat où j'avais été embarqué en même temps que lui ? Rien n'était cohérent dans cette histoire et Pascal Delcroix n'aurait aucun mal à démonter cette embrouille imbécile.

Du coup, je m'en fis un peu moins tandis qu'Hennique faisait craquer ses jointures (encore un trait que j'abhorre !) devant un portemanteau sur pied qui avait l'air plus humain que lui. Sur le bureau, un projecteur s'apprêtait à lancer sa nova dans mes yeux hagards. Par la fenêtre aux vitres ombrées de crasse, on pouvait voir les tilleuls décharnés de la Bourse du travail, un ciel albuminé qui enveloppait un soleil de midi décoloré, le séduisant travail ophidien d'une fumée grise sortant d'une cheminée rouge comme dans une vignette enfantine et, loin, très loin, au moins du côté de la Tranchée, sur l'autre rive de la Loire, les brumes sépia qui s'évaporaient lentement en filaments avant de fondre à nouveau sur le fleuve, une fois la nuit tombée.

— Avant toute chose, dis-je avec fermeté en frappant le plancher du bout de ma canne, je tiens à ce que mon avocat soit averti de ma présence en ces lieux. Après toute chose, je protesterai devant l'iniquité de votre conduite.

L'inspecteur qui avait relevé mon identité et qui m'avait suivi, portant sa machine à écrire tel un nourrisson, haussa les épaules :

— Tout à l'heure, il me parlait en arabe, affirma-t-il, tapi derrière son clavier où il ne semblait pas avoir acquis le don des langues, attendu que c'était en grand russe que je l'avais interpellé.

Hennique parut ne pas s'intéresser à cette intéressante controverse linguistique et composa un numéro sur un vieil appareil gris souris. Demanda à parler à maître Delcroix. L'eut.

— A la suite d'une vérification d'identité dans un endroit qui nous avait été signalé… anonymement… comme recelant des individus susceptibles de commettre un délit au moyen d'armes prohibées et apparentes, nous avons appréhendé le dénommé Serge Djerbitskine, profession journaliste, en compagnie des individus désignés, récita-t-il après s'être présenté.

— Serguie, dis-je indigné.

— Lequel nous a déclaré ne pas vouloir expliquer les raisons qui l'avaient conduit dans l'établissement ci-signalé sans la garantie de son défenseur désigné, en l'occurrence vous, maître Delcroix.

J'arborais un sourire satisfait et quelque peu niais qui se figea soudain en même temps que le sang dans mes veines concaves quand Hennique raccrocha, les sourcils haut levés et me déclara avec une once de surprise dans la voix :

— Maître Delcroix m'a déclaré ne pas vouloir vous assister dans cette affaire et n'être plus désormais, en quelque affaire que ce soit, votre défenseur attitré.

Dieu sauve et me sectionne, ma chaise fit l'office de quille de roulis et les tilleuls déplumés retrouvèrent vite leur place originelle, dans un espace nouménien, c'est-à-dire dans une verticalité perpendiculaire à l'horizontalité imaginaire d'un ciel plombé d'hiver. Hennique me considérait avec l'attention consternée d'un entomologiste chevronné devant la piéride du chou que vient de lui apporter triomphalement un petit garçon babillard.

— Ekh, dis-je en soupirant en slave, je me passerai d'avocat.

Attention, Machin, parapet, parafou, parachute égale pépin. Tu es sur la corde raide du linge sale qu'on ne lave plus en famille. Exercice numéro un, se ressaisir et transformer le roulis en tangage. Exercice numéro deux, faire contre mauvaise fortune bon cœur vaillant rien n'est impossible. Exercice numéro trois…

Je m'aperçus alors que le commissaire me parlait depuis vraisemblablement quelques minutes après avoir ordonné à l'inspecteur de frapper sans raison ses touches Underwood.

— … lequel nous a déclaré qu'il renonçait à être assisté de son conseil. Sur intervention : je ne connais pas les individus en compagnie desquels je me trouvais dans l'établissement précité.

— Je passais juste en voisin, dis-je avec conviction.

— … sur intervention, égrena la voix monocorde escortée du staccato laborieux de la machine, je ne savais pas que Frédéric-Charles Pascoli (Frédéric-Charles ?) et Claude Salvet (Régina ?) étaient détenteurs d'armes prohibées de 4e et 6e catégories.

— Un sari, des cothurnes, un kandjar, souris-je, plutôt cosmopolite, non ?

— *S.I.* : je ne suis pas l'auteur du coup de téléphone anonyme adressé aux services de police quinze minutes avant l'intervention desdites forces de police (bravo ! quelle rapidité…) et signalant la présence d'individus armés et dangereux dans le débit de boissons appelé Chez Verthe (faute de frappe de l'inspecteur, tilt, remettez cent balles) où vous m'avez trouvé.

Le commissaire Hennique s'interrompit et extirpa d'un tiroir de son bureau un petit magnétophone à cassette et à piles où il appuya avec dextérité de l'index dextre sur la touche plaie.

Ma voix s'éleva dans le silence soudain, restituée avec précision et déclics différents par l'absurde appareil :

— Chez-Berthe-rue-Ber-nard-Pa-lis-sy-il-y-a-deux-hommes-armés-sûrement-en-train-de-commettre-un-mauvais-coup.

— Qui êtes-vous ? interrogea la voix du flic standardiste.

— Un-voisin, dit "ma" voix désincarnée, venez-vite-j'ai-peur-*clic*.

— Ce n'est franchement pas mon style, dis-je ma vraie voix retrouvée dans le cadre chaleureux de ce bureau vieillot, avec ses vieilles branches de tilleul en contrebas, son brave ciel pommelé d'hiver tourangeau, l'orbe pâlote de ce brave vieux soleil et ce si délicieux portemanteau avec ses ramures de cocu de première. Et vous savez très bien, repris-je, qu'un enregistrement n'est pas recevable en justice. Avez-vous retrouvé l'origine de l'appel ?

— Nous n'avons pas eu le temps, grommela-t-il, et d'ailleurs quel intérêt ?

Je me levai et me mis à marcher de long en large, du portemanteau au calendrier offert par les grands magasins Lefroid, tandis que la machine à écrire suspendait son vol, que la cheminée rouge retenait sa respiration et que, tel un rideau de tulle léger se levant sur une chorégraphie statique, le brouillard de Loire découvrait l'ardoise bleutée des toits de Saint-Symphorien. Ces années quatre-vingt s'annonçaient frigides, moroses au point d'être désincarnées, bléchardes pour tout dire…

— Ça en a pour moi, figurez-vous. Je ne suis pas l'auteur de ce coup de téléphone (la machine crépitait de nouveau et Hennique m'écoutait sans passion) et, en ce qui me concerne, il s'agit d'une provocation.

— Ou d'une blague ? suggéra finement le dactylographe.

— Sur intervention, distilla Hennique, je déclare que s'il s'agit d'une blague, elle est plutôt saumâtre. Fait à Tours le … décembre 198…, après lecture, persiste et signe.

Je paraphai largement et aristocratiquement l'original, les soyeuses pelures et, emporté par l'élan, j'eusse dédicacé le buvard rosé comme une tranche de jambon si le champion de flippeur ne l'avait arraché à ma convoitise.

— Vous êtes libre de disposer, dit Hennique en se levant avec lourdeur, mais je vous convoquerai sans doute à nouveau pour une confrontation avec les deux individus que j'ai fait mettre en garde à vue. En cette perspective, je vous prierais de bien vouloir ne pas quitter la ville sans m'en aviser au préalable.

J'opérai une sortie théâtrale quoique stratégique en scandant de ma meurtrière canne le plancher aux lames disjointes, repaire de cafards (moi, un cafard, une balance, une donneuse ? Non, merci, j'ai déjà donné !), qui donnait un cachet peu ciré vieillot à ce commissariat provincial. M'était avis qu'il fallait réfléchir rudement et, l'heure en étant presque passée, de ne pas hésiter davantage pour aller me sustenter.

*

Au Petit Tonneau, l'aire était envahie par un tas de jeunes lascars échappés du lycée tout proche où ils apprenaient gravement à devenir des assistés ou des gredins marxistes. L'air retentissait d'éructations électroniques, de sirènes ludiques et d'un pauvre verlan redevenu à la mode après un long passage dans les chambres froides du langage populaire. A génération d'imbéciles, vocabulaire de crétins, pensai-je en absorbant une rillette onctueuse aux filaments intelligemment dégraissés, étalée avec volupté sur une tranche de pain de mie. Une fillette de Montlouis, sec comme un coup de brique, complétait avec harmonie le festin. Débordé par sa jeune clientèle cocacolesque, le patron ne savait où donner de la caisse et avait appelé en renfort sa femme, la troublante Olga, qui partageait avec moi le bronze uni d'une âme slave sans faille. J'étais seul au milieu du tumulte pour tenter de mettre mes pensées en ordre.

Ce qui me glaçait, en premier lieu, c'était la réaction de Pascal. Bien entendu, je ne lui avais pas tout dit et cela pouvait expliquer son mouvement d'humeur de la nuit, quand il m'avait laissé choir sur le canapé de sa salle d'attente, ainsi qu'un sac-poubelle dans un vide-ordures. Mais je connais mon Delcroix, il n'est pas rancuneux, sait bien que j'aurais fini par tout lui raconter. Son refus de m'assister et la brièveté de son intervention téléphonique – alors qu'il adore taquiner le flicard – montraient qu'il y avait quelque chose de plus grave.

Plus grave ? Je classai méthodiquement mes petites fiches mentales sur bristol glacé de matière grise : le cadavre de l'ex-amant de mon ex-femme qui disparaît. Deux truands ou pseudos qui me font tomber dans un marigot où guette, gueule ouverte, le caïman Hennique. Coïncidence ? Jean-Loup Muller, le cadavre, est homosexuel et l'un des arcans, Claude Salvet, rebaptisé Régina, me fait une composition pas tout à fait convaincante et très chargée de folle tordue.

Pour arranger tout ce mêlécasse, c'est *moi*, ou plutôt une émanation vocale de mézigue, qui aurait donné l'alerte au commissariat, à propos de deux hommes armés, ce que, et là je dis la vérité, j'ignorais absolument. S'ajoutait à tout cela un éventuel trafic de drogue, un véhicule tout-terrain venait y mélanger les stries de ses hauts pneus et l'amitié perdue d'un vieux complice fendait littéralement mon cœur graisseux.

— Vous-avez-perdu ! fit la voix mécanique d'une machine à poker en affichant un score grotesque. Et que je sois siphonné si on n'aurait pas dit ma voix enregistrée au standard de la police…

Deux urgences s'imposaient : commander une autre fillette de blanc ambré et aller à l'étude de maître Pascal Delcroix pour remettre les pendules à l'heure.

Ne serait-ce que par décence, il fallait aussi que je passe à mon canard où, par ailleurs, j'apprendrais peut-être du nouveau.

*

Noël approchant, la rue Nationale était jonchée d'employés municipaux juchés sur des échasses et autres grues automatiques pour parer les lampadaires de clinquant, de scintillant et de neigeux. Les ramoneurs astiquaient les cheminées, les commerçants changeaient les étiquettes et les façades s'ornaient de teintes diaprées où, soyons juste, le rouge pimpant dominait les autres couleurs moins saisonnières.

Dans le hall de *La République* où s'étalait l'édition du jour avec ses gros pavés d'inutiles informations, je croisai quelques camarades et davantage d'ennemis secrets qui me saluèrent plus froidement qu'à l'accoutumée. Planté devant la page sportive où il traquait la coquille qui se court sur palindrome, Charbo fit semblant de m'ignorer à l'abri de ses lunettes aux verres épais. Depuis qu'il s'est rendu célèbre en s'auto-capturant*, le drôle l'est beaucoup

* *L'otage est sans pitié.*

moins. J'aimais de moins en moins cette ambiance et j'allai vers lui, brandissant ma canne tel un index accusateur.

— D'une, dis-je, je souhaiterais, monsieur Botmarine, que vous me prêtassiez votre Solex avec son attachant petit casque, de deux, si je pue de la gueule, il faut immédiatement me le dire car ce seraient les rillettes du Petit Tonneau qui seraient moisies. Et de trois comme le cheval, je vais te mettre un pain si tu continues à arborer cette mine de faux cul.

Il papillonna des yeux derrière ses hublots, tenta de trouver dans le poète Emile Goudeau (fondateur de l'Ecole hydropathe) une repartie spirituelle et ne fut sauvé que par le gong du standardiste qui jaillit de son aquarium au bout du couloir en brandissant une fiche bleutée :

— M'sieur Machin, y'a le dirlo qui vous demande d'urgence sitôt que tantôt vous seriez là pour ainsi dire.

Quand je pense qu'on dit que c'est en Touraine qu'on parle le plus pur français, je me dis parfois qu'on rêve debout !…

Je haussai les épaules et me dirigeai vers le bureau directorial qu'occupait, non sans talent caché, le sémillant Xavier de Sainte-Crâque, un jeune homme né dans un coquetèle et élevé dans des colloques. Mon petit doigt me disait qu'on n'allait pas causer quatorzième mois.

Mon gros doigt frappa à la porte capitonnée (c'est fou ce que les singes aiment le capiton) au motif qu'une lampe verte signalait que le passage était libre et les collaborateurs autorisés à venir ennuyer Xavou, comme l'a surnommé le personnel non syndiqué.

J'entrai, ma canne sous le bras, accentuant ma claudication genre diable boiteux. Dans un coin du vaste bureau à verrière, se tenait la secrétaire de direction qui cherchait sa voie entre le style caissière du Grand Café, le côté duègne, tout en exerçant en fait un rôle extrêmement poignant de lèche-bottes de Père Noël et de raboteuse de notes de frais. Derrière son bureau, le cheveu calamistré sur la langue, le chef me vit entrer sans un sourire de bienvenue.

D'après ce que j'ai pu comprendre après quinze ans de maison, l'activité principale de monsieur de Sainte-Crâque consistait essentiellement à aller faire pisser les chiens de sa belle-mère, la femme du fondateur du journal. De temps en temps, on lui consentait un petit édito rigolo sur la chute des feuilles de platane en automne, un court billet constatant que c'est pas les plus petits les plus grands et, paradoxalement, c'est pas les plus gros les plus maigres et surtout, oh oui, surtout, des tas et des tas de photos des réceptions qu'il honorait de sa présence et où il présentait toujours le même profil niais au-dessus d'un nœud papillon obsolète.

Exceptionnellement, il paraissait gêné tandis que la sorcière ricanait en chevauchant son balai à roulettes et à dossier inclinable. Pour que Xavou, d'ordinaire si satisfait de lui-même, arborât cette mine chafouine et *embabarrassée*, il fallait au moins que ses jetons de non-présence aient enfin été ajustés au prorata de sa non-efficacité ou qu'un des clebs de belle-maman ait contracté une fièvre incisive.

Précisément, il y en avait un de chien dans le bureau, un cocker spaniel obsédé sexuel qui s'obstinait à grimper ma jambe malade alors que je m'étais assis dans un fauteuil (bas) en face de Sa Suffisance et sur Son signe.

Ce qui fait que je ne compris pas tout de suite ce qu'il me disait avec cette belle franchise typique des retors, occupé que j'étais à décoller mon pantalon de velours côtelé du sexe visqueux de l'animal poilu.

— … vous comprendrez bien, mon cher Jerbitcheff, que, dans ces circonstances, nous vous priions de prendre un mois de congé immédiatement.

Que croyez-vous qu'il arriva ? Ce fut le cabot qui écopa.

Commentaire de maître Delcroix :

J'avais bien entendu, comme on le verra par la suite, de solides raisons de refuser de m'occuper du dossier Djerbitskine et l'attitude de Machin face aux policiers ne faisait que renforcer leurs soupçons. Mais il multipliait les provocations, gardant cette canne qui était, après tout, l'arme du crime. Mais surtout, comment le croire lorsqu'il affirme qu'il a été victime d'un traquenard ? N'est-il pas allé de son plein gré Chez Berthe où il n'était pas attendu a priori et dans ce cas-là, COMMENT AURAIT-ON PU PRÉMÉDITER CE PIÈGE ?

Par ailleurs, sur le moment, j'ai pensé que "l'imitation" de sa voix était un procédé un peu gros ; mais on sait que l'imagination des journalistes est pratiquement sans limites.

CHAPITRE V

Après avoir balayé d'un revers de ma canne tout le dessus du bureau de Xavier de Sainte-Crâque (vous n'auriez pas cru sérieusement que j'aurais frappé un chien…), je passai à mon bureau d'un cœur léger, cueillant au passage, dans la grande salle de rédaction, la morasse maculée des informations régionales première mouture.

Si j'avais bien compris le français approximatif de mon vénéneux directeur, il leur était revenu à l'oreille que leur chef des informations générales avait été pris dans une rafle en compagnie d'individus armés (salves de Régina, petit manège de Fred), qu'il fréquentait les milieux homosexuels et que…

— … euh, selon certaines sources, vous seriez, comment dire, informateur de police, ce qui est bien sûr, euh, vous me comprenez, pas complètement répréhensible mais tant qu'à moi…

Outre la faute de français, c'était surtout cela qui avait motivé l'action de ma canne, quoique à retardement vengeur. Moi, indic ? Je n'ai jamais donné qui que ce soit et que ce misérable pleutre puisse se faire l'écho d'une telle dénonciation m'avait rendu méchant. J'étais d'ailleurs bien placé pour connaître, les ayant étouffés moi-même, quelques petits scandales concernant la direction ou la rédaction en chef, qui n'avaient affecté en aucune manière la brillante carrière de mes supérieurs.

En tout cas, un congé payé d'un mois (j'avais exigé un acompte de salaire de la glapissante secrétaire) n'était pas une mauvaise chose à prendre. S'il me coupait de certaines sources d'information, il me permettrait au moins de vaquer à ma guise, d'avoir mes soirées fraîches et de passer un Noël tranquille sans avoir à récrire d'ineptes comptes rendus de matinées enfantines d'entreprise.

Et de tirer au clair la pire eau de boudin dans laquelle il m'était arrivé de nager.

Machinalement, car cela ne me concernait plus, je jetai un œil sur les épreuves de la page 3 de l'édition du jour et ledit œil fut tout de suite tiré par un titre en cicéro (corps 24) sur 3 col. et 2 lignes : "Un réseau de drogue démantelé".

Dans ce style haut en pâleur et riche en "vérité humaine" qui fait le délice des bonniches et autres agrégés en sociologie, un de mes p'tits gars relatait comment, en relation avec tous les autres services de police, le SRPJ de Tours avait démantelé un important trafic de drogue qui ravajait *(sic)* la ville. Il semblait que c'était sur la fois *(resic)* d'une dénonciation que le coup de filet avait été lancé ce matin bonne heure (bravo !), qui avait permis de ramener dans ses mailles certaines personnalités locales bien connues, en particulier…

Je sursautai, éprouvant sur le bout de la langue le fiel du petit corps gras des caractères et relus le passage à voix haute pour être sûr de mon fait :

— *… en particulier, une Eurasienne, Mlle Souên Déo van Vien, souvent remarquée dans l'entourage d'un distingué avocat tourangeau, et un antiquaire renommé de la place, Jean-Loup Muller, qui est d'ailleurs toujours en fuite à l'heure où nous mettons sous presse. Nul doute que la première personne citée n'aura aucun mal à se trouver un défenseur, comme il n'est pas doutable (*sic ! sic ! sic ! *c'est ça qu'est sic !) que la seconde trouvera sûrement des complicités dans le milieu très spécial où elle évolue.*

On n'est pas plus gracieux dans le sous-entendu et à propos de délateur, mon pote Xavou et son bureau dévasté pouvaient se l'accrocher. Je composai le numéro de l'étude de Pascal. Ce fut Sophie qui décrocha.

— Que se passe-t-il, bon sang, dis-je, et qu'est-ce que c'est que cette histoire de Souên ? Passe-moi le cher maître…

— Ah, tu es déjà au courant, fit-elle d'une voix acerbe. C'est vrai que… Enfin, bref, Pascal n'est pas là, il est au commissariat avec Souên.

— J'en ai ma claque de tout ce cirque, clamai-je dans l'appareil. Depuis ce matin, c'est à qui me traitera le plus de mouchard ! Vos silences et vos cachotteries, ça commence à bien faire…

— Tu ne crois pas, dit-elle, doucement cette fois, que c'est toi qui as commencé, Machin ?

En mon for intérieur, je dus reconnaître qu'elle avait un peu raison et, comme je me l'étais promis au sortir du Petit Tonneau, il urgeait de remettre le sablier sur son socle.

— Je passe ce soir, dis-je à Sophie.

— Je ne te le conseille pas, dit-elle gravement (je croyais voir son lourd chignon blond aux frisottis délicats sur la nuque s'incliner avec cérémonie), Pascal est très remonté à ton égard.

— M'en fous, fis-je rageusement, à ce soir.

Et je claquai le beignet au combiné, pour aussitôt le réempoigner et appeler le commissariat. Ce n'était plus le standardiste dont j'avais entendu la voix en même temps que "la mienne" le matin même. Il fit des chichis pour me passer Hennique, aussi employai-je le nom de mon rédacteur en chef, M. Dâle, âme damnée de Sainte-Crâque, vraisemblable auteur de l'article sur le trafic de drogue et copain comme cochon avec le lardu à qui il trouvait, il me l'avait un jour confié à ma grande stupéfaction, *"un certain sens de l'humour"*.

— Non, dis-je à Hennique une fois ma ruse réussie, ce n'est pas Dâle, c'est Machin. Vous avez laissé des consignes à mon sujet à votre putain de standard.

La voix assourdie du commissaire me confirma qu'en effet, il n'était pas exclu complètement que je sois *persona non grata* rue de Clocheville. Franchement, ils commençaient tous à me courir sérieusement sur le bourricot.

— Juste une question, Hennique, pardon, monsieur le commissaire, quand j'étais dans votre bureau, ce matin, vous saviez déjà que Souên avait été arrêtée ?

— Je ne peux pas et ne veux pas vous répondre, monsieur Djerbitskine, dit sa voix atone, et d'ailleurs, je suis actuellement en train de l'interroger en présence de son avocat.

— Allez vous faire papouer par la peuplade de votre choix, dis-je avant de raccrocher sèchement, comprenant qu'il était inutile d'insister.

J'empaquetai mes petites affaires d'un air morose. Tout s'effondrait, tout le monde me lâchait, y a personne qui m'aime et personne qui me comprend et moi-même ayant du mal à saisir toute la finesse et la fermeté de mon comportement, me restait plus que l'alcool et les filles. Dans cet ordre.

*

Charbo me tendait un casque couleur citron avec une bande bleu cerise et la clé de l'antivol de son Solex avec une certaine appréhension que d'ailleurs je partageais. N'ayant pas trop de deux pieds chaussant le 44 pour m'empêcher de tomber, ce n'est point sans inquiétude que je considérais la minceur des deux pneus de l'engin noir, son petit propulseur à galet sur la roue avant, sa fière sonnette drelin-drelin et les pédales dont on sait qu'elles n'ont été inventées par l'alerte M. Solex que pour porter des coups vicieux de cale-pied dans les tibias de ses contemporains.

— Tu sauras t'en servir ? interrogea cette nave avec une feinte sollicitude. Et fais attention au verglas, hein, et excuse-moi pour tout à l'heure, mais tu sais, il y a certains bruits qui courent sur ton compte dans le canard.

— Je sais, dis-je en assujettissant le grotesque bouton d'or à l'aide d'une mentonnière, je suis même en congé payé pour un mois…

— Moi, c'est congé trop bu, ricana l'admirateur de Tristan Derème.

J'enfourchai la machine après une muette prière aux icônes ancestrales.

— A propos, dis-je au pâle propriétaire du vélomoteur qui gémit en voyant icelui s'affaisser sous mon poids, rends-moi un service : demande aux mecs de la composition de bousiller la ligne de l'article en page 3 où il est question de Souên. Si je n'arrive pas à reconnaître son nom demain matin en ouvrant ce foutu canard, il y aura tournée générale et *"Hala !"* (une coutume typographique, ne vous occupez pas, les protes comprendront…).

— D'accord, dit Charbo en clignant de l'œil, et sois prudent…

Parlait-il de son cyclomoteur ou de mes affaires privées ? *Chi lo sa.*

3

Je ne l'ai peut-être pas assez montré parce qu'un avocat tourangeau est tenu à la plus extrême pudeur et ne saurait se montrer grognon, mais j'étais définitivement dans un état de fureur difficile à contrôler quand j'eus constaté comme Machin écrivait l'histoire, avec un petit “h”, certes, mais avec un grand hiatus.

Moune nous avait fait servir dans le bungalow un somptueux plateau de fruits de mer avec popinées qui sont les cigales de mer de là-bas, crabe plus ou moins mou selon la législation en vigueur, crevettes de la Ouenghi de l'ami Roger Galliot, grisettes (sortes de petites praires) et, *last but not least*, les épatantes huîtres néo-zélandaises de Montagnès dont on croit, si l'on enlève l'accent du *“è”*, qu'il s'agit d'huîtres de montagnes, ce qui est particulièrement absurde.

— On dort, papascal ? interrogea la belle enfant qui n'avait pas semblé aussi scandalisée que moi à la lecture du pensum du journaliste machinal. A ton âge, avec le décalage horaire, faut pas faire d'abus et n'oublie pas que demain, on se tape la veuve…

Oh, pardon, ricana-t-elle, j'oubliais que toi aussi, tu avais donné…

— C'est d'un goût douteux, dis-je en mettant mon ticheurte de nuit qui représentait un lever de soleil sur la plage de Véretz où coule le Cher.

Je m'allongeai avec une volupté qui tenait de l'orgiaque sur le lit et écoutai le léger ressac de la marée qui nous parvenait par les fenêtres que j'avais laissées ouvertes, snobant la climatisation, source bronchiteuse de première bourre. Rappelons d'ailleurs que décembre ici, c'est le plein été.

Sur le lit jumeau, vêtue d'une nuisette transparente et minimaliste qu'elle appelait Dieu sait pourquoi une "paulette", Moune lisait *Ada* de Nabokov qui lui arrachait des gloussements de plaisir et, pour une fois, je la comprenais parfaitement.

— Je me demande, dis-je dans un sonore bâillement tropical, comment ces Fils de la Lumière ont pu prendre au sérieux ce sombre crétin de Machin. A croire qu'ils avaient besoin d'un repoussoir et c'est pour ça qu'ils l'ont recruté…

— T'as jamais été tenté, toi ? interrogea-t-elle en interrompant le passage où Van lit à Ada un passage croquignolet de *L'Histoire des coutumes copulatives*. Pourtant, tu es un notable et pas plus con qu'un autre.

— Justement, ces déguisements grotesques, ces serments alambiqués et ces travaux philosophiques à la mords-moi-le-cortex, ça me troue la bite. Je préfère de loin les confréries vineuses…

— Je sais, dit-elle, tu m'as traînée aux Entonneurs rabelaisiens de Chinon. Une des pires expériences qu'une vraie jeune fille puisse connaître avant le mariage... Laisse-moi lire, mon petit maître, j'ai envie de sortir des "petits embryons amers" du camarade Djerbitskine.

Ainsi fis-je en sombrant dans un sommeil peuplé de tritons, d'huîtres en costume d'alpiniste et de geckos joueurs qui se mordaient la queue sur une tombe en marbre rosé.

*

Le jour se leva sur une traînée de poudre céleste que balaya vite l'alizé alors que le soleil entamait sa course ascensionnelle sous les vivats des pétrels. La marée était basse et découvrait de petits récifs en forme d'oursins autour desquels frétillaient des myriades de minuscules poissons multicolores composant une arlequinade vivace et gaie. Mais avec notre fond de verre sous lequel se prélassait une grasse biche de mer, nous étions les rois du monde sous-marin.

Je compris le message et semai les miettes du pain grillé du petit déj' qu'on nous avait servi sur la terrasse encore à l'ombre mais où il régnait un gentil vingt-cinq degrés ainsi que nous l'apprit le thermomètre engoncé dans une toutoute, ce coquillage qui sert aux Canaques de conque marine. La poiscaille se régala.

— Quel est le programme, ô mon Maître vénéré ? interrogea Moune qui avait revêtu un manou imitation robe mission.

— A part "se taper la veuve" poignante, veux-tu dire ? fis-je la bouche pleine. Avant d'aller au Mont-Dore, j'envisage d'aller consulter les archives des *Nouvelles calédoniennes*, de rendre une visite au juge d'instruction chargé du dossier et d'aller boire un coup avec Paulo Carrière.

Paulo Carrière, mon "cousin" par alliance et qui l'était en fait, lointainement, de Souên, eurasien comme elle et aussi éléphantesque qu'elle était menue, était devenu, depuis mes deux précédents séjours en Nouvelle-Calédonie, le meilleur ami de Machin, son complice de bringue, de chasse, de coups de pêche et de coups tordus. Grande gueule, distingué comme un poissard de la halle, touchant pas loin le quintal et demi, il travaillait autrefois sur le port maritime en tant qu'acconier mais je savais qu'il était devenu un important homme politique du territoire, comme quoi la vulgarité finit toujours par payer.

— Le Gros ? soupira Moune qui l'avait subi une semaine lors d'un de ses passages tonitruants en Touraine et qui s'était trouvée larguée en matière d'injures colorées. Je savais bien qu'on finirait par y passer. Il est quoi, au fait ?

— Conseiller territorial je crois, ou même ministre des Couillonnades exotiques dans l'exécutif local. Un poste de première bourre en tout cas, et qui nous ouvrira un tas de portes chez les politocards.

— J'espère qu'il n'est pas devenu franc-maçon, celui-là aussi, soupira-t-elle derechef. Sauf que je crois pas qu'on ait pu lui trouver un tablier en peau de cochon à sa taille.

Elle s'était habillée d'un djine rosé, d'un délicieux marcel fuchsia ajouré sous une saharienne Camel Collection et avait chaussé des bottines de daim Clarks "*desert troop*" parce que je lui avais dit que le Mont-Dore c'était "en brousse" et qu'elle ne savait pas que ça voulait dire simplement la cambrousse en dehors de Nouméa. Quant à moi, j'étais tout en denim avec des mocassins de Huron, coiffé de mon panama qui inspirait le total respect aux foules indigènes.

Avant de grimper dans la 206, je vérifiai que je n'avais aucun message sur mon insup-portable mobile dont j'avais communiqué le numéro à Océane, à Roland Sartier, au Gecko, à Roméo et à la réception de l'hôtel, l'éteignis puisque je conduisais afin que Moune puisse s'emplir les yeux à loisir et pris la direction du centre-ville de Nouméa.

— Adieu le bagne, dit la chipirate des cœurs, bonjour la sous-préfecture !

*

Nous ne restâmes pas longtemps aux *Nouvelles calédoniennes* où je ne connaissais plus personne. Où étaient passés Prout, le journaliste à Mobylette ou le Nain jaune, ce reporter de poche qui buvait comme un concombre de mer, mais pas de l'eau salée, je vous prie de le croire. Même l'emblématique chronique de "L'Affreux Jojo", qui sur le ton blagueur d'une lettre caldoche dénonçait les petits scandales quotidiens, était passée à l'as, une chronique que Machin avait parfois tenue en remplacement de Roland Sartier qui en était l'un des créateurs anonymes.

Néanmoins, nanti de la recommandation de ce dernier, on me remit un paquet de photocopies d'articles concernant la disparition de "notre confère Serguie Bekitjine" – on faisait autant de coquilles à Nouméa qu'à Tours… – et je filai vers le palais de justice reconstruit après un attentat qui l'avait dévasté dans les "années noires" et où j'avais rencontré quelques difficultés de la part de magistrats aussi serviles devant le pouvoir rose qu'ils l'étaient à l'égard de la politicaillerie locale.

Inodore, incolore et sans chaleur, le juge d'instruction qui ne méritait d'aucune manière le surnom de "curieux" dont sont affublés en argot ses compères, me remit, lui, ses conclusions de "mort naturelle consécutive à une chute lors d'une randonnée", fixait la date du décès approximativement un mois après la disparition signalée par Océane et il parut enchanté de me voir opiner gravement, ricana d'une manière graveleuse à destination de ma ravissante assistante…

… Et gloupsa d'importance quand je lui annonçai de l'air le plus douloureux que je pus exprimer :

— J'ai l'intention de vous réclamer l'exhumation des restes de M. Djerbitskine aux fins de nouvelles analyses d'ADN et de tout ce qui s'ensuit.

— Mais pourquoi ? s'étrangla cet insignifiant. Avez-vous un élément nouveau ou quoi on va dire ?

— Oui-da, fis-je avec un bon sourire tourangeau. Il appert du rapport de la gendarmerie qu'on a retrouvé parmi les ossements épargnés par les bêtes sauvages, la rotule gauche du défunt. Or il n'est fait nullement mention de la grave blessure que cette partie du membre inférieur de mon regretté client avait subie, en l'espèce un coup de barre à mine qui lui avait brisé le genou.

— Et qui l'avait handicapé non moins gravement, poursuivit Moune en lui clignant de l'œil d'un air salace, occasionnant le port permanent d'une canne, laquelle n'a pas été retrouvée dans la zone où les ossements ont été découverts.

Il paraissait plus effondré qu'une maison palestinienne dans un territoire occupé et je mis un comble à son effarement en distillant un inattendu supplément d'information :

— En outre, monsieur le juge, et ceci n'est qu'une donnée subjective, en tant qu'ami de trente ans du disparu, je vais vous raconter une anecdote de son enfance : sa mère, veuve méritante, l'avait obligé à porter un short jaune citron qui faisait de lui la risée de ses petits camarades d'école, tant et si bien qu'un beau jour, il s'était introduit dans un garage proche du domicile familial et s'était glissé sous une automobile en réparation, se frottant longtemps contre le sol couvert de cambouis et d'huile de vidange. Il y gagna une fessée carabinée et y perdit un vêtement d'une couleur abhorrée. Or, telle était la couleur du short qui lui appartenait prétendument et jamais Machin n'aurait porté un truc pareil !

— Mais, chevrota-t-il, votre cliente, madame Océane Destroux, a identifié cette pièce de vêtement !

— Le chagrin et le désespoir sont souvent cause de ces confusions, énonça maître Monique Delcroix avec un sourire ravageur. A vous revoir bientôt. Monsieur le juge…

*

Entre le palais de justice et l'hôtel de la Province sud où l'ami Paulo avait ses aises, le centre-ville de Nouméa avait un peu changé, ainsi que je le fis remarquer à ma compagne au motif de lui emplir les yeux et ce dont elle se fichait comme de sa première rondelle, attendu qu'elle n'avait jamais mis les pieds ici.

On y croise désormais, outre l'inévitable McDonald's, un fort joli marché en pavillons sur la baie de la Moselle qui, s'il ne vaut pas celui de Papeete où j'étais allé plaider il y a quelques années, est bien approvisionné en produits locaux et richement achalandé par la population pluriethnique du territoire.

Mais comme la belle enfant le fit remarquer acerbement, on n'était pas là pour faire du tourisme ni pour déblatérer platement sur les composantes ethniques du cru ; d'ailleurs, elle comme moi détestons à peu près autant le structuralisme que la soupe au tapioca.

Le parking de la Maison Bleue, comme les Calédoniens appellent l'imposante bâtisse schtroumpf où se fixe leur destin politique, donne lui aussi sur la baie de la Moselle où est mouillé le gigantesque yacht du président Martin, maître des lieux, de TOUS les lieux et de TOUS les gens.

Paulo Carrière était de son parti pour ne pas dire de son clan et il s'en excusa presque quand il nous reçut dans son luxueux bureau climatisé avec vue imprenable sur le bateau du président. Le bureau du président était comme il se doit au-dessus de sa tête, était encore plus grand et plus luxueux que son barlu ancré sous ses fenêtres et tout le bâtiment donnait gentiment dans la naïveté des parvenus de la politique dont, désormais, le candide Paulo faisait partie.

— L'ongulé, tu connais, il fallait que j'aille au casse-dalle, si t'aimes mieux ! Et l'écuelle Martin c'est foutrement quand même la mieux garnie.

Je ne sais pas si la politique police les mœurs mais en présence de Paulo, on constate qu'elle ne châtie pas le langage. Grand, blond, tutoyant le quintal et demi qu'il habille de shorts géants et de ticheurtes informes, on ne voit qu'imperceptiblement à un coin d'œil bridé qu'il est eurasien au quart, tandis que son frère que je connais ressemble à un Chinois. Il écrasa Moune sur son vaste bide, il m'accabla d'ongulés sonores et autres grossièretés amicales pas reproductibles.

Bien entendu, il était au courant de ma présence (il sait TOUT sur TOUT, y compris sur les coucheries ancillaires et les cocuages du Tout-Nouméa), se réjouissait de voir une ongulée de jolie pétrelle comme

Moune venir bronzer ses miches chez les nous-z'autres et versa une larme dont la composition tenait autant du ouisquie que du lacrymal bien qu'il ne fût que dix heures du matin, à la mémoire de "son ongulé de cousin Machin bouffé par les ongulés de cochons".

On aura peut-être remarqué qu'en Nouvelle-Calédonie, le terme d'ongulé revient en mot totémique et ce sous sa forme jargonnesque (salut, Alice Debord !) la plus convenable puisque à l'origine, avant que le "enc…" ne se transforme en "ong…", il désignait sous sa variante bordelaise – influence des importateurs métropolitains – l'étymologie pénitentiaire qui avait fondé pour partie l'âme caldoche.

Pour être clair, au bagne le lundi c'était ravioli, le samedi c'était sodomie et voilà comment à longueur de journée on s'enculait verbalement sur l'île la plus proche du paradis, de Plum à Poum et de Bourail à Ponerihouen.

— Parle-moi de ce qu'était devenu Machin ces derniers temps avant qu'il ne disparaisse ? demandai-je à l'imposant conseiller territorial qui s'était calé dans un fauteuil qui tenait du tabouret à éléphant. Comment allait-il et que faisait-il ?

— S'était remis à picoler dur, émit l'aimable dugong qui nous avait proposé un ouisquie ou autre putain d'ongulée d'autre liqueur de notre choix. Branlait pas grand-chose, petites combines, petites collaborations journalistiques, petits chantages…

— Pardon ? fis-je interloqué. Tu as dit "chantages" ?

— Tu connais que l'ongulé se gênait pas pour faire des lettres confidentielles à la mords-moi-le-zob et qu'il s'attaquait à haut-place. Souvent, je lui disais à cet empistaché qu'il allait trop loin et qu'il allait tomber sur un os dur comme ma bite. Mais il était suicidaire, je dirais si t'aimes mieux et y fallait bien qu'y croûte lui aussi, ainsi que le gamin.

— Et Océane ? interrogeai-je.

— Elle le faisait marron avec la Nouvelle-Calédonie entière : pas un rombier, blanc, noir ou jaune qui ne l'ait ongulée. Ça, pour lui faire au con, elle lui faisait au con, la salope, et tu connais qu'il ne l'ignorait pas…

J'échangeai avec Moune un regard consterné. On aurait dit que l'histoire bégayait à plus de vingt ans d'intervalle et que ce que Machin avait vécu autrefois à Blois s'était reproduit presque à l'identique sous les tropiques.

Je n'insistai pas : je savais l'essentiel que j'avais d'ailleurs pressenti depuis notre arrivée sur le Caillou et que l'attitude d'Océane dans le cimetière de Païta nous avait confirmé. Mais une question restait pendante : pourquoi diable avait-elle identifié des restes qui, manifestement, n'étaient pas ceux de son infortuné compagnon ?

— Au Mont-Dore, tu devrais aller voir Roméo Ladronne, dit le super gros (je ne lui dis pas que je le connaissais déjà), Machin allait souvent picoler chez lui et lui et Josette étaient sûrement avec moi ses derniers et meilleurs amis.

Il fallut promettre au pachydermique Paulo d'aller casser une ongulée de croûte typique à base de plats interdits tels que le crabe mou ou le notou* et ce fut même tout juste s'il ne nous proposa pas une fricassée de cagou**.

En sortant de son bureau avec lui, nous fûmes accostés par un grand gaillard au teint mat, habillé sobrement de la chemisette blanche et du pantalon bleu marine des élites et que le gros nous présenta comme détaché de cabinet du président Martin. Souriant, fichtrement amical, ce nommé Jean-Jean Boutboul s'offrit à faire tout ce qui était en son pouvoir pour nous aider, lança à Moune une œillade appuyée et disparut sous le regard méprisant et amusé de Paulo.

— Un ongulé de bouffe-merde de première, commenta-t-il mais méfiez-vous-en comme de la vérole. Il pieutait ou pieute toujours avec Océane et Machin le détestait. Il était d'ailleurs une de ses putains de cibles préférées dans ses articles. C'est le flicard de Martin et son larbin.

— Dis donc, fis-je remarquer, tu n'es pas trop sympa avec ton employeur…

— Comme presque tout le monde ici où l'ongulé tient tout. Mais il a aussi ses bons côtés quand on sait y faire et il est loin d'être con. Mais la gamelle c'est la gamelle et les amis, c'est les amis. Gardez-vous bien les p'tits copains !

* Holothurie.

** Gros pigeon endémique en voie de disparition. Oiseau emblématique de la Nouvelle-Calédonie, ne vole pas mais aboie !

Le soleil de midi caramélisait le parking quand nous sortîmes pour regagner la 206 qui exhalait une odeur soufrée de fournaise volcanique. Au loin, à une trentaine de kilomètres au sud, on voyait le Mont-Dore vert et chromé donnant son nom à la commune qui était notre prochaine destination et où avait habité Machin pendant toutes ces années antipodiques.

Au près, on ne voyait que l'imposant yacht du président Martin mouillé à Port-Moselle.

4

Désormais, pour gagner le Mont-Dore, outre qu'il faut toujours passer devant la tribu canaque de Saint-Louis qui est toujours aussi turbulente, turbulence aggravée comme partout dans le monde par des "jeunes" désœuvrés et qui se délassaient actuellement en faisant la chasse au fusil à longue portée à la communauté wallisienne immigrée, des Polynésiens qui avaient le mauvais goût d'être anti-indépendantistes, on emprunte un tronçon d'autoroute.

Et quand je dis qu'on emprunte, ce n'est pas le mot parce qu'on achète chèrement le droit de circuler entre les palétuviers longeant les baies de Tina (où se tient aussi le golf favori du président Martin), de la Conception et de Boulari : cent francs pacifique* pour trois kilomètres, ça faisait chaud du kilo de coaltar !

Par on ne sait quelle faveur insigne – sans doute due à notre statut de touristes ou à la vision de mon panama blanc – nous ne fûmes pas caillassés au passage de la réduction de Saint-Louis mais peut-être

* Presque un euro.

était-ce aussi imputable à la présence permanente d'un VBRG de la gendarmerie à l'entrée de la tribu. Puis nous obliquâmes vers le Vallon-Dore où, rue des Lantanas, habitaient Océane et son rejeton que Machin avait eu l'idée stupide de prénommer Louis-Ferdinand.

— Sera-t-il là, le petit monstre tressé ? interrogea Moune qui connaissait l'engin que j'avais fait venir en métropole en tant que filleul officieux.

Je crois qu'elle aimait bien le gamin à proportion de ce qu'elle détestait sa mère et de ce qu'elle adorait Machin. C'est bien connu, les femmes ont toujours un faible pour les hommes forts.

— Je ne sais pas, dis-je alors que je quittais la route de Plum et de Yaté pour bifurquer vers le Vallon-Dore. Je ne sais même pas ce qu'il fait…

— L'est dans un collège pour Canaques, marmonna Moune qui connaissait ses dossiers par cœur, où paradoxalement il vient de passer un bac blanc. Malgré la fumette de ganja, l'a réussi.

— Euh, dis-je embarrassé, je voulais te dire Moune que ce serait peut-être aussi bien…

— J'ai compris, fit-elle d'un air pétardier. Aussi bien que je ne sois pas là quand tu vas rencontrer ta fumasse. Je suis d'accord, elle ne va pas me manquer. Tu n'as qu'à me laisser chez Roméo et Josette puisqu'ils sont voisins.

Soulagé, je passai devant le temple des Témoins de Jéhovah dont on ne saura jamais s'ils ont réellement vu l'Accident, enquillai la route du lotissement des Lantanas au sommet duquel les maisons

Machin-Roméo étaient séparées par une espèce de gourbi habité par un bon million de Wallisiens occupés à égorger des milliers de cochons pour les mal cuire et les manger presque saignants.

— Nos chemins divergent ici, dis-je au début de la petite piste, tu as cent mètres à faire à pinces. Appelle-moi sur le portable dans une heure pile : j'aurai faim, sans doute pas soif, mais sans doute marre de la veuve…

— Va-t-en savoir, dit-elle rancuneuse, des fois qu'elle te ferait passer à nouveau un moment "horrible et délicieux".

Comme je ne voyais pas à quoi elle faisait allusion, je pris le chemin effectivement bordé de lantanas qui sont un véritable chiendent ici et non pas une délicate plante d'ornement comme sur votre Côte d'Azur, avant d'apercevoir les eucalyptus, le gigantesque caoutchouc et le gros manguier qui marquait l'entrée de la piaule "à" Océane.

Piaule *a priori* amie.

C'est pourquoi je fus bien surpris quand le parebrise de la 206 Peugeot s'étoila avant de voler en éclats sous l'effet d'un impact d'origine indéterminée.

*

Dans ces cas-là, une seule méthode s'impose : surtout ne pas freiner, au contraire accélérer à fond (à donf, aurait dit Moune qui, Dieu soit noué, n'était pas à bord) en s'efforçant de zigzaguer pour éviter le deuxième projectile. Ce que je fis avec maestria, me remémorant la fantasque poursuite champêtre en 4 x 4 que vous découvrirez en son temps mais dont j'avais lu la description hallucinée dans la nuit grâce au "testament" littéraire de Machin, laissé en sécurité dans le coffre du Kuendu.

Le pneu avant droit mordit sur le talus, défonça un piquet de gaïac et la 206 s'enfonça dans le maquis broussailleux de la petite colline qui dominait la promenade du Vallon-Dore, juste au-dessus de l'hôtel du même nom où j'avais logé en 1984, lors de mon premier séjour. Une mini-falaise surplombait la piscine de ce *resort* qui avait été bien modernisé depuis mon passage, une dizaine de mètres peut-être mais qui me suffirent bien pour apprécier, le temps d'un ralenti où les choses de la vie se succèdent en séquences amorties, la trajectoire qui menait de la terre ferme à l'eau chlorée.

— Waoutch ! dis-je à l'unisson de la Peugeot qui plongea capot en avant, pneus joints et toutes vitres fermées dans la piscine heureusement pleine d'eau et déserte de baigneurs.

Après un choc plutôt mou en somme, la 206 flotta un moment, l'air conditionné faisant office de ballast puis s'enfonça doucement vers le fond carrelé et s'y posa comme une fleur sur ses quatre roues, tandis que RFO se taisait, que le moteur roumionait et que je me posais LA question essentielle : les lève-vitres électriques fonctionnaient-ils encore ?

La réponse était non, mais la solution était que je pouvais sortir par le pare-brise par où l'eau claire s'engouffrait comme un malstrom et je m'extirpai facile alors que l'habitacle était complètement submergé. Quelques clients du restaurant (huîtres de palétuviers gainées d'écorce rouge, poissons du lagon) se précipitèrent pour m'aider mais je les écartai, furieux, pour escalader tout trempé la petite falaise au sommet de laquelle se détachait une silhouette à la tête capsulée d'un bonnet de laine rasta sur des dreadlocks serrées, tenant une bibiche qui est le nom local du lance-pierres de mon enfance.

— Sale enfoiré ! hurlai-je, reste-là ! Te sauve pas ! Je suis ton parrain…

Je parvins tout essoufflé en haut du petit morne. Ces exercices n'étaient plus de mon âge et le *niémepuma* était bien loin : au sommet, mimosas et fougères écrasés témoignaient de mon passage automobile dans l'herbe Buffalo et ce fut un Louis-Ferdinand à peine confus sous son ridicule bonnet jamaïcain qui m'accueillit à la lisière du chemin, son arme de Canaque à la main.

— Bonjour parrain, dit-il avec un bon sourire et un accent caldoche à couper au sabre d'abattis, excuse-moi, hein ?

Du coup, si j'ose dire, il ne comprit pas pourquoi il se ramassa en retour une mornifle soignée qu'on appelle là-bas un *sikiss* et encore moins pourquoi, trente secondes après, je le serrai sur mon cœur.

*

Après que le loueur de voitures eut promis de faire repêcher la 206, après que les charmants jeunes gens de l'hôtel du Vallon-Dore eurent été apaisés par l'absence totale de dégâts dans leur piscine où j'avais récupéré mon panama, après que je me fus séché chez Océane qui était absente, je me fis offrir un ouisquie réparateur par mon filleul, à peine confus de m'avoir astiqué à la pierre de fronde.

— C'est mam', dit-il alors que nous étions assis tous deux sous la véranda où les longues tiges des pomme-lianes que vous appelez bêtement "fruits de la passion" parasitaient un arbre du voyageur. Elle m'a dit que des salopards d'ompêtés qui nous en voulaient rapport à papa, allaient venir tout casser à la piaule…

— Quand t'a-t-elle dit ça ? interrogeai-je intrigué.

Il ne ressemblait guère à Machin et presque en tout à sa mère, y compris l'accent. Bien charpenté, un gentil sourire sous ses coiffures superposées (cheveux tressés PLUS l'espèce de champignon multicolore rastafari en laine, bonjour le crâne échauffé en plein hiver austral !), il était vêtu comme ses millions de congénères d'un bénouze informe et trop grand dans lequel on avait l'impression qu'il avait cagué et qui lui entravait les cuisses tout en traînant par terre dans le bas et d'un ticheurte à la gloire de Bob Marley (dont il aurait été très surpris d'apprendre que s'il était encore vivant, il serait plus vieux que moi).

A part ça, l'infortuné Louis-Ferdinand devait être un foutu handicapé patronymique à cause de son prénom qui me rappelait les facéties de son père, baptisant ses poissons rouges de noms d'écrivains célèbres et j'imaginais les invectives que ses camarades de lycée les plus acculturés pouvaient lui lancer, du genre “va donc, eh tête de mort à crédit !”.

— Hier, répondit-il, puis elle est partie et je ne l'ai plus revue. Comme elle ne m'avait pas laissé d'argent pour prendre le bus, je ne suis pas allé à Nouméa et j'ai attendu les salopards. En voyant arriver une bagnole que je ne connaissais pas et vu que je ne savais pas que tu étais sur le territoire, ben voilà, je t'ai bombardé la gueule. Je m'excuse encore, hein, parrain !

— Tu es tout excusé, mon garçon. A ta place, j'en aurais fait autant. Au fait, Moune est avec moi, pour le moment, elle doit être chez Roméo.

— Y'a qu'à sauter la haie, passer chez les Wallis et on y est, dit-il, l'air tout réjoui d'apprendre la présence de ma fille adoptive. Elle est toujours aussi canon ?

— Plus que jamais et elle travaille avec moi.

— Ça de ouizzz et total respect, dit-il, preuve que les vingt mille kilomètres qui séparaient les banlieues métropolitaines de la Nouvelle-Calédonie ne l'avaient pas mise à l'abri du langage le plus épouvantablement basique. On y va.

— Cinq minutes, dis-je alors que de petits râles d'eau passaient avec dignité sur la pelouse pelée pour cause de canicule. On a un peu à causer tous les deux. J'avais rendez-vous avec ta mère mais j'aime autant qu'elle ne soit pas là, même si ça m'aurait peut-être épargné un bain avec une voiture de location…

— Trop mortel, dit-il (je le regardai avec un certain courroux : s'il me redisait *"total respect"* ou s'il essayait un *"ce n'est que du bonheur"* ou le pire, l'ignoble *"ça le fait !"*, je lui enfonçais son bonnet jaune, vert, noir, jusqu'aux épaules).

— Que penses-tu de la disparition de ton père ? repris-je. Et de la découverte de son corps ?

— C'est clair, dit-il (la deuxième beigne n'était pas loin), il avait des raisons de disparaître. Maintenant, est-ce bien ses restes qu'on a retrouvés…

— En effet, dis-je calmé par l'excellence de la seconde phrase encore que "sont-ce" eût été meilleur, ça n'est pas clair. Et ta mère, comment elle le prend ?

— Ils étaient plus trop bien ensemble, dit-il avec fatalisme. Ils picolaient chacun de leur côté, elle lui faisait au con, avec n'importe qui, elle déprime à fond dans la caillasse et, Babylone, lui il avait perdu le goût de vivre. On communiquait plus guère, lui et moi…

— Ouais, fis-je en lui lançant une bourrade, c'est pas propre à ta génération, ça le fait depuis toujours.

— C'est clair, dit-il. On va chez les Ladronne ? J'ai hâte de revoir la cousine…

— Sûr, marmonnai-je sombrement. Moi aussi ; mais ça va être dur de lui expliquer pourquoi on n'a plus de voiture…

CHAPITRE VI

Pour aller jusque chez moi, aucun problème : on descend la rue de Buffon en longeant la préfecture où le commissaire de la République, qu'on appelait autrefois un préfet, bon prince, a alloué un tout petit bout de son magnifique jardin au public, et puis on remonte la rue Bernard-Palissy. Le vélomoteur, bien qu'il grinçât de toutes ses superstructures, se comportait vaillamment en brave coursier bistre et la population, émue de contempler le spectacle rare d'un journaliste distingué se déplaçant sur un moyen de locomotion somme toute démocratique et le chef couronné d'un casque jaune et rouge qui sont des couleurs seyantes, applaudissait à tout rompre.

J'attachai le Solex à un parcmètre, devant Chez Berthe où les rideaux étaient tirés et dont la porte s'ornait d'un écriteau à la calligraphie et à l'orthographe aléatoires : *Fermer pour cause d'un ventaire*.

J'avais récupéré mes daphnies au Petit Tonneau et je ne me lassais pas d'admirer les bonds de dauphin de Rififi et Grisbi, mes deux carassins dorés, le frétillement enthousiaste de leur nageoire caudale, la globule affectueuse et vitreuse de leurs yeux blêmes, leur adresse à gober les succulents branchiopodes secs et surtout, oui surtout, leur délicat silence qui me changeait des hurlements forcenés de mes contemporains.

Je pris une douche et, puisque j'étais en vacances, fis une 'tite sieste à loilpé comme un gros baigneur de concours, sur la fourrure de mon lit bas. Mon appartement, situé sous les toits, n'est en fait qu'une gigantesque bibliothèque et j'envisage parfois de monter des cloisons rien qu'avec les mauvais bouquins que je reçois en service de presse. Il faudra bien virer tout ça un jour, ne garder que l'essentiel : les livres de cuisine, de voyageurs, les romans de Nabokov, Jacques Laurent et Marcel Aymé, uniquement ceux qu'on relit quand on a compris que les autres n'ont rien à dire, même s'ils le disent bien. J'avais ainsi bazardé tous mes Céline pour me payer des putes et toutes mes "Série Noire" pour me payer à boire. La prochaine fois, serai encore plus sévère et qu'il sera doux le choc sourd de la culture dans les sacs en jute du bouquiniste s'écrasant sur les pavés de la cour.

Je me vêtis décontracté puisque je n'avais pas, ce soir, à m'inquiéter du sort du monde en général et de l'Indre-et-Loire en particulier. Bien sûr, sans moi, ils allaient faire des bêtises, annoncer avec plaisir le décès de Mme veuve Trochon et avec regret la naissance du jeune Philippard Loïc, qu'une voiture avait fait une embardée de 150 km et que *"le patronage laïque Lariche-Lamartine menait en dwixsyon d'horreur de bisket-bill"*, mais qu'y faire ? Le journal paraîtrait sans moi.

La nuit tombait déjà quand je sortis de chez moi et les automobiles roulaient avec précaution, preuve que le verglas avait fait sa réapparition. Leurs phares distillaient de francs halos dans la rue et, fraîchement sortie de son pot, ma crémière se tourna avec un laid mouvement de répulsion aigre en constatant que j'étais sorti de la prison où elle espérait me voir cailler en compagnie des beurs de la cité du Sanitas, tandis qu'à l'étage supérieur, des angelots joufflus balayaient la Voie lactée pour le passage onctueux du Père Noël.

J'étais fort encombré de ma canne et je me résolus à l'accrocher sur le porte-bagages au moyen d'un Sandow. C'est en procédant à cette minutieuse opération (car si les pédales donnent des coups de pied, les Sandows vous pincent volontiers les doigts) que je remarquai, garé devant une boulangerie, un véhicule tout-terrain caramel, avec des bandes rouges sur les flancs, plus hérissé d'antennes qu'un porc-épic, équipé de pneus larges de frimeur et de vitres teintées qui m'empêchèrent de distinguer l'intérieur.

Pour autant que j'étais arrivé à déchiffrer le nom inscrit sur la calandre (Bichiboujou ? Mitsubishi ?) c'était une grosse espèce de jeep nipponne, avec deux énormes projecteurs à iode sur le pare-chocs-pousse-bétail, et immatriculée dans le département voisin du Loir-et-Cher, chef-lieu Blois où défuncta Guise et naquit Denis Papin.

C'était très exactement, quoique vue de plus près, la bagnole qui était garée tous feux éteints, la veille, au carrefour de la rue des Halles.

*

D'un preste coup de pédale, je donnai de l'élan à mon vélomoteur d'emprunt et remontai la rue Bernard-Palissy qui est en sens unique et vous oblige à aller vers le nord quand vous vous rendez au sud. Le froid incitait le Tourangeau à rester chez lui pour contempler pépèrement le cher Max Favalelli et le jeune Bertrand Renard qui, le Diable le patafiole et que Dieu le savonne, est un admirateur de Joyce, animant les chiffres, l'être et le néant de Patrice Laffont. Les années quatre-vingt auront été culturelles ou n'auront pas été : l'orange fluo des combinaisons moulantes pop, le bleu des gaulpifs, le jaune des boîtes de cachous Lajaunie et l'attendrissant vichy rosé de chez Tati les auront délicatement coloriées et, n'était toute la force tranquille du monde, rien ne nous empêchera de les regretter.

Grâce à un rétroviseur judicieusement fixé par Charbo sur la poignée du Solex, je constatai en arrivant au square du musée que la Mitsubishi-à-vos-souhaits s'était collée dans mon sillage.

Ce sont là des manières qui me déplaisent et, en bon Slave, j'ai la tête près du bonnet d'astrakan, aussi, au lieu de redescendre vers la gare, je filai tout droit vers la cathédrale par la rue Lavoisier, passant devant la caserne Meusnier (si vous avez la malchance de n'être pas né en Touraine, achetez un plan, bon sang !) pour atteindre le quai d'Orléans qui longe la Loire.

Pour semer la voiture, j'avais ma petite idée : au bout de la rue Lavoisier, il y a une passerelle qui enjambe le fleuve et qu'on appelle ici joliment le Pont-de-Fil, par opposition au Pont-de-Pierre dont le nom réel est vilainement Pont-Wilson.

Or le Pont-de-Fil est interdit à la circulation automobile et deux gros plots de béton en interdisent l'entrée à plus gros qu'un piéton, un landau ou… un vélomoteur. Je pouvais donc les lâcher facilement et ensuite, pour me retrouver dans Saint-Symphorien, de l'autre côté du fleuve, ils iraient se faire lanlaire, pas moins de quatre ponts permettant de regagner le centre-ville.

Le feu s'orangeait dans la nuit où la brume montait de la surface du fleuve, comme des copeaux d'eau. Je donnai quelques coups de pédale pour accélérer mais le conducteur avait compris le but de ma manœuvre.

J'entendis rugir dans mon dos le moteur Diesel et je vis dans le rétro grandir brusquement les phares blancs. La grosse 4 x 4 me doubla sur ma droite et, dérapant sec devant moi, se colla contre les plots, m'interdisant l'entrée du Pont-de-Fil.

Il était trop tard pour freiner et j'allais bel et bien lui rentrer dedans quand je braquai à gauche et me mis à dévaler la descente vers la berge. La Mitsubishi (en fonçant sur elle, j'avais eu le temps, horrifié, de lire sur son flanc que son petit nom était "Pajero") me suivit avec obstination.

J'empruntai, gonflé par la descente où le galet du Solex s'emballa, le chemin pavé qui longe le fleuve, beau et large chemin, dans le sens du courant. A main gauche, la haute muraille de la levée nous cachait à la vue des gens qui passaient sur le quai, à tribord, la Loire grossie, grasse comme une loche, roulait des flots furieux ; ce n'était pas encore la crue, mais elle était très haute, sombre, bouillonnante, sinistre.

Le chemin de digue aussi était sombre, mais la Pajero avait allumé ses projecteurs de braconnier et j'y voyais devant comme en plein jour. Elle ne semblait pas vouloir me rattraper pour l'instant, n'empêche, je pédalai tel Poulidor derrière Anquetil afin de prendre du champ.

En moins de temps qu'il ne faut pour transpirer, nous fûmes sous l'arche passante du Pont-de-Pierre où le courant se brisait avec violence contre les piles rénovées (le pont ayant rendu son tablier peu de temps auparavant, on venait de le reconstruire). Un instant, je pensai remonter sur le quai et regagner l'embranchement où un flic était censé régler la circulation puis je me dis que j'en avais ma claque des flics pour la journée et qu'il valait mieux rester sur la berge.

En effet, plus loin, avant le pont Mirabeau (sous lequel coule la Loire), le chemin se rétrécit, perd ses pavés, devient de terre, envahi par le chiendent et les ajoncs. Je m'imaginais que la Mitsubishi ne pourrait pas m'y suivre.

Va baigner, bourre ta main et dors, mon pauvre diable ! Lorsque je m'engageai en cahotant dans cette mauvaise portion, j'entendis bien en effet la 4 x 4 s'arrêter mais ce devait être pour enclencher je ne sais quel diabolique "crabo" car, me retournant, je la vis qui s'était remise en route. Je zigzaguai entre des “plates” retournées comme de longues tortues, passai un drain en vol plané, slalomai entre deux bollards d’amarrage, dérapai soudain en contrebas, tout près de l’eau. Je remontai sur le chemin en pédalant, le souffle court, en nage malgré le froid sec et toujours le tout-terrain me talonnait, à vingt mètres.

J’étais en train de me demander si on n’allait pas bientôt se retrouver à Nantes par le chemin de halage quand, d’un seul coup, le moteur derrière moi rugit comme un léopard. Nous étions alors à peu près à la hauteur du Champ-de-Mars, un coin absolument désert. Un banc de terre et de sable, plus haut que les flots, s’étendait en bas de la sente et, par l’effet de la terreur, j’y dégringolai, par miracle encore sur mes deux roues.

Le pare-chocs monstrueux de la jeep toucha légèrement ma roue arrière et le miracle cessa : je sentis le Solex s’envoler, retomber lourdement dans une flaque profonde de dix centimètres et je me retrouvai le cul dans une flaque de Loire, le Solex à mes côtés exhibant une roue en huit et le petit phare avant continuant dérisoirement d’éclairer les brumes du fleuve.

La Mitsubishi fit une marche arrière, creusant profondément le sol et envoyant des giclées de sable. Elle m’éclairait plein pot et j’étais complètement ébloui, très exactement comme un cerf pris dans le rond tragique d’un projecteur de cent watts et qui reste figé, attendant que le chasseur l’abatte d’une balle dans la barre du cou.

Apparemment, je n’avais rien de cassé et je me remis sur pied, saisissant machinalement (mon adjectif, vous dis-je…) le pommeau de ma canne et délivrant la lame grâce au petit poussoir situé magiquement sous la poignée.

La Pajero s'ébranla dans ma direction et mon sang se glaça ; je ne pouvais pas fuir, la jeep me barrait le passage et, dans mon dos, j'entendais le mugissement tout proche des flots déchaînés. Je brandissais mon épée, en sixte, ridicule combat d'une abeille contre un rhinocéros.

La 4 x 4 avançait lentement, pour m'écraser ou me noyer. Mes yeux me brûlaient et je préférais ne pas savoir si c'était vraiment l'eau qui avait ainsi mouillé mon bloudjine. J'entendis encore un enclenchement de petit crabo à grand crabo et la Mort couleur caramel s'élança d'un bond sur moi.

Je roulai sur le côté au moment où elle m'atteignait pour, vraisemblablement, me pousser dans la Loire où je n'avais pas une chance de surnager, tant le courant était violent et les tourbillons profonds.

Les énormes pneus rallye passèrent près de ma tête, alors que j'étais à plat ventre dans un bouquet spongieux et urticant d'orties blanches de givre. D'un mouvement de rage impuissante, je me fendis et enfonçai ma lame vers la large jante, alors que la jeep avait stoppé pile sur le vélomoteur blessé, l'achevant dans un fracas de ferraille emboutie, s'apprêtant sans doute à reculer pour revenir sur moi.

A ma grande surprise (j'étais sans doute passé par le défaut d'une sculpture de la gomme), l'épée s'enfonça et le pneumatique soupira, puis siffla la fin de l'assaut qui n'avait rien de courtois en s'affaissant doucement. Je retirai prestement ma rapière, saluai l'adversaire occis et retraitai prudemment en reptation sur la rive.

La jeep hurla et la roue tourna un moment dans le vide puis s'ébranla à reculons. J'entendis cliqueter la boîte de vitesse, couiner le pont auto-bloquant puis elle atteignit le chemin plus carrossable, fit une manœuvre et disparut, la jante raclant les pavés retrouvés de la levée.

J'avais le dos parcouru de sueurs froides, des élancements dans la tête, un pantalon humide, mon imperméable kaki des surplus américains déchiré à la manche et un Solex, je ne vous dis pas.

Le malheureux engin était plié à l'équerre, la roue arrière en forme de nœud de cabestan, la roue avant en ganse à tête d'alouette tandis que le moteur ressemblait à un éclaté de mégathérium enfoui dans les sables du quaternaire.

Par une chance extraordinaire, ma canne s'était détachée du pneu de la Pajero et je pus rengainer l'épée sans difficulté dans son fourreau, même pas tordue.

Je chargeai le Solex détruit sur mon épaule, tel un camarade qu'on ramène des lignes ennemies sous la mitraille, et partis en trébuchant vers le haut mur de la digue où je l'attachai soigneusement à l'aide de l'antivol à un anneau de batelier scellé dans le mur, puis je grimpai l'escalier et me retrouvai sur le quai, le long de l'avenue Proudhon, à la limite de La Riche.

Les limbes brumeuses se dissipaient au fur et à mesure que j'approchais du boulevard Preuilly où je trouvai un de ces adorables petits bus s'arrêtant à la demande et que la munificence municipale a mis à la disposition des impécunieux et dans lequel je montai en boitillant, ma canne dans une main, le casque de vélomotoriste dans l'autre.

Le bus me déposa place Rabelais à nuit noire et j'entrepris à pied, claudiquant plus que d'ordinaire, la remontée de la rue Roger-Salengro, jusqu'en face du jardin des Prébendes où se trouve le cabinet de maître Delcroix, enfoiré.

*

— Ben, dit Moune en m'ouvrant, tu t'es encore mis dans un bel état ! Tu sors d'une poubelle ou quoi ? Et qu'est-ce que tu fais avec un casque jaune ?

— Ecoute, petite, dis-je en soupirant, joue pas avec les grandes personnes, ça fout des rides. Pascal est là ?

— L'est là mais veut pas te voir, assura-t-elle franchement en me barrant le couloir.

Haute comme trois goyaves à genou, elle était habillée, sans doute pour faire suer ses petites amies, d'un sarrau vichy, de socquettes blanches et avait attaché ses cheveux en couettes avec un ruban rosé. On eût cru de la très ancienne réclame d'un chocolat, du temps qu'il n'était pas au lait et se râpait, pour le quatre-heures, sur une tartine beurrée où ses paillettes brunes se collaient comme des chiures de mouche.

— Mais qu'est-ce que t'as fait, hein Machin ? acida-t-elle les poings sur les hanches. C'est vrai que t'as fait mettre Souên au trou ? J'arrive pas à y croire…

— Moi non plus, soupirai-je, et en prime, je n'y comprends rien.

— Ça m'étonne pas. Bon, décida-t-elle, tu vas venir m'expliquer ça, après, j'verrai si je peux jouer les messieurs cons aux vices.

Elle me fit passer dans la salle d'attente où “mon” canapé fut le bienvenu pour étendre ma jambe malade et elle s'assit à califourchon sur une chaise cannelée, montrant plus qu'il n'était nécessaire une attendrissante culotte Petit-Badaud.

— J'ai quelques questions à poser, dis-je avant qu'elle ne s'emparât du moulinet de la conversation. Où, quand et comment Souên a-t-elle été arrêtée ?

— Y me disent pas tout, minauda la bergère, 'reusement j'écoute aux portes. Y semblerait que ce matin tôt, t'aurais bigophoné à Souên pour y donner un rendez-vous dans le quartier des Halles, côté place Plumereau. Le petit citron pressé s'y est rendu indigo, moyennant quoi elle est tombée dans une souricière.

— Mais bordel !… m'insurgeai-je.

— Soille poli devant une vraie jeune fille, me coupa-t-elle.

— Mais foutre de vieux, repris-je avec un petit sourire d'excuse, je dormais sur le canapé, là !

— C'est pas prouvé, trancha-t-elle et pis d'abord, Souên le savait pas.

Elle devint pensive et prit une position plus décente pour ce faire, supprimant le courant d'air entre sa bouche grande ouverte et son petit berlingot joli.

— On décarre nous autres tous de bonne heure, dit-elle enfin, et Souên qu'est timide et réservée comme tous les vietcongs malgré qu'elle ait été putasse*, elle met jamais les pinceaux dans l'étude.

— On dit “bien que”, fis-je sévèrement. Alors, la souricière ?

— De la flicaille en masse planquée dans l'immeuble, un gros tas de sachets de came dans le studio ousque soi-disant tu l'attendais, résultat des courses, au gniouf. Avec le papelard qu'elle a comme ancienne côle-gueule et les poulets qui sont racisses comme pas, c'était raide comme balle.

— Vu, dis-je, c'est une machination.

— Dans machination, y'a Machin, dit-elle avec esprit. Bueno, je crois que je vais faire le médiator et aller causer à ma grande andouille de tuteur. Bouge pas de là, toi, y'a du ouisquie dans le burlingue.

Elle se leva avec grâce et partit à cloche-pied, vivante vignette de l'innocence, quand nous jouions à la marelle. Je suivis son conseil judicieux et allai ouvrir le globe terrestre qui renferme, sans grande imagination, un bar d'où émergeaient le bouchon à nez rouge et l'étiquette olivâtre du Djibi.

* Voir *Balles nègres*.

*

J'avais l'impression d'une remise en scène de la nuit précédente. Même décor, mêmes personnages, seul le dialogue allait changer, je le voyais bien à l'œil furibard de mon partenaire, un Pascal Delcroix aux maxillaires serrés qui interprétait la scène du mépris sans chiquer.

Nous étions passés dans son bureau et il marchait de long en large, muet et livide comme une méduse.

— Ecoute, lui dis-je, ça ne tient pas debout tout cela. Tu sais très bien que je ne suis pas une balance et puis, d'abord, je roupillais ici.

Il ne répondit pas et continua d'arpenter la moquette lie-de-vin, les mains dans les poches revolver de son djine, le front buté sous sa brosse para.

— Oké, d'accord, dis-je en essayant d'accrocher son regard, je t'ai raconté des couennes, cette nuit, mais j'étais obligé. En plus, c'est vrai que j'ai un trou… Ecoute, continuai-je à plaider devant l'avocat, ça me tombe dessus de tous les côtés. Moi aussi ce matin je me suis fait enchrister par Hennique, on vient d'essayer de me tuer et le Solex de Charbo est en morceaux.

Cela ne le fit pas rire et il avait déjà tracé un profond sillon circulaire dans la moquette où ses pieds nus semblaient s'enfoncer jusqu'aux chevilles.

— Pascal, fis-je fermement, ça suffit maintenant. Si tu crois que ça m'amuse ce cirque : mon patron et tout le journal croient que je suis un indic, Hennique également, deux truands aussi mais eux, je m'en tape. Mais que toi tu marches dans la combine, je ne peux pas le supporter. Alors arrête ou je te pète la gueule !

Il s'arrêta net en face de moi, me prit par le revers de mon imper, me fit lever du fauteuil Knoll à la force des poignets et m'entraîna dans le couloir. J'essayai de me dégager mais il me remorquait dans le couloir, bousculant Moune qui, selon sa bonne habitude, avait l'oreille collée à la porte.

Il ouvrit la porte et nous nous retrouvâmes dans la rue, sous un lampadaire.

— Hé, s'affola Moune, Pascal, t'es nu-pieds !

Je tenais toujours mon verre de ouisquie qui, par miracle, ne s'était pas renversé et ce n'est qu'en traversant la rue Roger-Salengro, moi toujours solidement croche et haie par mon ancien pote qui ne me tenait plus que d'une main au col, que je parvins à le vider d'un trait.

A la fenêtre éclairée de la maison voisine, le pète-sec de service qui ne pouvait pas sacquer Pascal nous regardait faire avec une satisfaction qu'il ne songeait même pas à dissimuler.

L'un traînant l'autre (je jetai le verre vide dans le caniveau), nous atteignîmes les grilles du jardin des Prébendes et Pascal sauta la porte, sans me lâcher une seconde. Il me hissa de l'autre côté (l'autre manche de mon imper se déchira à un fil de fer), apparemment sans effort, et me traîna le long d'une allée, jusqu'à un banc de sable qui jouxtait un charmant petit lac artificiel, couronné de rocailles et, pour lors, couvert d'une mince pellicule de glace.

— C'est grotesque, dis-je enfin quand il me lâcha et se mit en garde.

Puis je me souvins que c'était moi qui avait eu l'imprudence de le défier et je m'en souvins d'autant qu'un direct m'arriva sur le nez, roide comme l'injustice.

Avec un grognement de douleur, je ripostai par un crochet qui atteignit cependant son oreille.

Il y avait pourtant, à proximité de ce bassin de sable, la pancarte inepte où un teckel était barré d'une croix, mais cela ne nous empêcha pas de nous battre comme des chiens, en tournant autour de l'autre, esquivant, le souffle court et les jointures déchirées, nous fonçant dessus tels deux béliers. Je regrettais amèrement de ne pas avoir conservé sur la tête le casque de Charbo même s'il était de mauvais goût, ce qui valait tout de même mieux que d'encaisser de mauvais coups.

Je suis gros, il est vrai, mais bien qu'étant assez pusillanime, je n'ai jamais rechigné à mettre les choses aux poings et j'y allai d'aussi bon cœur que Pascal. Il se détendit soudain et chassa du pied en plein dans mon creux épigastrique ; heureusement qu'il n'avait pas de chaussures, sinon je partais à l'horizontale. Je reculai, trébuchai contre la margelle du bac, réussis à placer en déséquilibre un uppercut du gauche au menton et entraînai mon adversaire dans ma chute en arrière tandis qu'un cross du droit épais comme un parpaing me décrochait la mâchoire.

Et plouf ! Comme de juste, nous nous retrouvâmes dans l'eau glacée, de petits icebergs craquelants flottant autour de nous, assis tous deux et immergés jusqu'à la taille. La nuit était frigorigène, comme tous les hivers allaient désormais l'être sous les socialistes : *“Verglas assassin, Mitterrand complice !”* devaient scander plus tard des énergumènes trublions au métro parisien Glacière.

Sur la rive, deux grands cygnes sévères nous contemplaient, trompetant la fin du round, le cou en point d’interrogation. Assise sur un banc, Moune, qui nous avait suivis, frappa dans ses mains comme une maman qui rappelle ses deux bambins querelleurs.

Nous nous remîmes debout en nous aidant, piétinant la vase du fond. Pascal éclata soudain de rire en montrant mon crâne du doigt et j’en retirai un nénuphar glauque que je lui jetai à la figure, pris moi aussi d’un fou rire inextinguible.

— Allons, allons, fit Moune entre deux de nos hoquets et alors que nous étions toujours plantés, hoquetant d’hilarité, au milieu du petit lac qui se dégelait, complice, il faut rentrer maintenant, vous allez prendre froid.

Commentaire de maître Delcroix :

Machin exagère vraisemblablement la poursuite entre la 4 x 4 et le vélomoteur qui ne fut certainement ni si longue ni si haletante qu’il le prétend. Quant à la bagarre homérique qui s’ensuit, elle ne fut qu’une sérieuse rouste que j’avais envie de lui infliger et que je modérai sensiblement quand je me souvins que j’avais affaire à un infirme, ivre de surcroît. Mais c’est bien vrai que nous rîmes comme deux fous en nous contemplant assis dans ce bassin, coiffés chacun d’une gluante plante aquatique.

CHAPITRE VII

Enveloppés dans deux épais plaids (normal au moins pour un avocat), enfoncés dans les fauteuils du salon du premier étage, Pascal et moi dégustions le remède de cheval que le docteur Sophie nous avait administré : vin chaud citronné avec cannelle en apéritif, suivi d'un grog au ouisquie avec un morceau de sucre et une pointe de gingembre frais.

Une fois notre crise de rire terminée, le retour avait été plutôt piteux : trempés, grelottants, roués de coups, le vieux voisin irascible en avait eu pour son content, applaudissant à tout rompre la Bérézina nocturne. Nous ignorâmes et nous ruâmes sous la douche, en même temps, comme deux finalistes du Tournoi des Cinq Nations se préparant pour la troisième mi-temps.

Sage, Sophie avait hoché la tête de pitié en voyant notre état, distribué l'Albuplast, les escalopes, l'aspirine, la teinture d'iode et les remèdes de bonne femme tandis que Moune, excitée comme une puce, lui mimait notre mémorable combat.

— Ça détend, affirma la doctoresse en haussant les épaules, son beau chignon blond dénoué, bon chic bon genre même en robe de chambre.

Je prétendis ensuite qu'après le grog au ouisquie, histoire de faciliter la réaction salvatrice et combattre la fluxion de poitrine, un ouisquie glacé s'imposait. Pascal me donna raison et elle se rendit à nos arguments médicaux, en y ajoutant toutefois quelques tartines de charcutaille en guise de lest.

A vrai dire, l'absence de Souên jetait comme une ombre gracile sur notre bonne humeur retrouvée et rien qu'à l'idée qu'elle se morfondait dans une celloche du commissariat, en compagnie de pochardes avérées et de travelos hirsutes, je me rembrunis.

— Il faut faire quelque chose, dis-je la bouche pleine d'un morceau de rillons.

— Tu dois faire quelque chose, insista Pascal.

Je lui racontai alors comment, déjà le matin même, quelqu'un avait imité ma voix pour envoyer les flics Chez Berthe et ce qui s'était ensuivi.

— Mouais, soupira l'avocaillon, admettons qu'il y ait un Thierry Le Luron de province qui a le mauvais goût de t'avoir choisi comme modèle. Mais pourquoi ? Et qu'est-ce qui t'a pris de me mentir comme un secrétaire d'Etat socialiste au sujet de la mort de Jean-Loup Muller ?

— Bon, me décidai-je, il va falloir y aller…

— Parce que, recommença de s'emporter maître Delcroix, ton récit, c'était plutôt navrant côté cohérence : ton cadavre qui est tantôt à plat ventre, tantôt sur le dos, ton don de double vue qui te permet de décrire son studio sans y avoir jamais mis les pieds et la “personne” qui est entrée dans le magasin d'antiquités, en pleine lumière, sans que tu puisses savoir si c'était un homme ou une femme, ça puait le faux jeton…

Je tentai de l'interrompre, mais il était lancé, faisant des effets de manche avec son plaid écossais, s'appuyant à la barre du tribunal figurée par le dossier d'une chaise, sous le regard attentif du jury composé de Sophie, assise sagement, jambes serrées, dans un fauteuil, et de l'infecte chipie Moune pelotonnée dans le canapé et tiraillant ses socquettes.

— … car voyez-vous, mesdames, poursuivit-il d'une voix de bronze en me désignant de l'index, quel pauvre argument essaie de nous opposer l'individu que voici ? Qu'il ne sait pas s'il a porté un coup de sa meurtrière lame dans le dos de son rival en amour ! Peut-être va-t-il nous dire qu'il a eu un moment d'absence ou bien – et j'en ris à l'avance ! – qu'on lui a administré quelque drogue exotique effaçant la mémoire ou bien encore, et ce serait le comble de l'invraisemblance, qu'il a été hypnotisé et programmé pour oublier tous faits antérieurs qui lui seraient néfastes ? Non, en vérité, je vous le dis, nous ne saurions suivre Machin dans le marigot visqueux de ses contradictions et nous osons le dire tout net : il nous prend pour des caves…

— Bravo, trépigna Moune, rentre-z-y dans le chou !

— D'accord, dis-je, tu n'as pas tort, Totor. Voici comment ça s'est réellement passé…

*

— Je vois, fit dubitativement Pascal.

— Quel comice ! gazouilla Moune de manière surprenante.

— C'est sidérant, admit Sophie en ramenant chastement les pans de sa robe de chambre sur un sein un instant découvert.

S'ensuivit un de ces silences confortables et chaleureux où, n'eussent été les radiateurs électriques, on aurait dû entendre les crépitements de l'âtre sous la hotte où éclataient les châtaignes, pendant qu'une vieille aux mains noueuses ferait passer un plat de flagousiau qui est un fromage parfaitement infect mais typique. J'étais sur le tranchant de l'ivresse, à la crête de la tête qui tourne. Manifestement, Pascal avait gravi le même sentier que moi et, perché au sommet, enveloppé dans sa vigogne de sherpa, luttait contre le vertige du chemin parcouru avec ses pierres qui roulent et la décompression de la descente tapissée de mousse.

— Il y a deux écoles dans la maison de mon père, dit-il enfin en amont : ou l'on va tout raconter à ce brave jobard d'Hennique qui n'en croira rien…

— … ou bien, le coupai-je en aval, on règle tout nous-mêmes, comme d'habitude, et il n'en croira pas davantage.

La cordée se reformait et astiquait ses pitons. Non moins ordinairement, Moune apporta son grain de sel sous la forme triviale qu'elle affectionne :

— Y'a rien qu'à retrouver le macchab', lui faire cracher son venin et toc, secco y'a notre Tonkinoise qui revient à nid d'hirondelle.

— Je dois avouer, dis-je pâteusement, que cette enfant en a dans le cigare.

— J'ai pas l'âge de boire, dit-elle vexée, ça me laisse de la place pour réfléchir.

— Faites ce que vous voulez, dit Sophie en se levant et posant un baiser sur nos fronts, mais moi, je vais me coucher.

— Au lit, puceron, dit Pascal en tapant les fesses malingres de Moune sous son sarrau vichy.

Elle protesta pour la forme mais se retira à son tour, princesse outragée ayant égaré la clef de sa ceinture de chasteté.

Laissés à notre libre arbitre, nous ne pouvions que faire des conneries telles que prendre d'assaut le commissariat de la rue de Clocheville afin de délivrer Souên de son inepte garde à vue, kidnapper un des cadors de Xavier de Sainte-Crâque ou aller boire un ultime verre au Petit Tonneau sous le prétexte extrêmement fallacieux de faire le point, recueillir les derniers ragots, nouer des contacts, prendre le vent ou bien encore mettre le Loir-et-Cher à feu et à sang.

C'est la pénultième connerie que nous choisîmes à l'unanimité de nos deux voix.

*

La traversée nocturne de Tours verglacé, dans le cabriolet BMW 1600 de Pascal dont la capote n'était pas parfaitement hermétique mais qui était magnifiquement équipé d'un alcootest positif ô combien, reste un exploit qui n'est pas près d'être renouvelé.

D'autant que je lui accrochais le bras pour ponctuer certaines de mes phrases composées pour l'essentiel de points de suspension et que, tels deux Mohicans, nous nous déboîtions le cou afin de guetter l'arrivée de la Pajero caramel qui prenait dans nos esprits cotonneux des allures de bestiole de delirium tremens.

A un moment, place du Palais je crois, où les jets d'eau s'étaient statufiés en virgules de diamant sous l'effet du gel, Pascal prétendit baisser la capote de sa BMW au motif qu'on y verrait plus clair et que les mitrailleurs de queue des bombardiers américains de la dernière guerre n'agissaient pas autrement et d'ailleurs Tours avait été à moitié rasé dans ces occurrences par nos chers Alliés et qu'est-ce que ça aurait été s'ils eussent été des ennemis.

Je l'en dissuadai facilement car nous arrivions rue Gambetta où se musse notre cher Petit Tonneau devant lequel nous nous garâmes dans un beau solo de cymbales pour créneau.

Habitué à nos étranges arrivées et comme aucune des voitures embouties n'appartenait à sa clientèle, le patron ne se dérangea pas et continua d'opérer Charbo à la belote de comptoir.

De voir ce dernier me fit penser que j'avais un truc à lui dire mais, sincèrement, sur le moment, ça ne me revenait pas et je m'accoudai à ses côtés, extirpant de la poche de son duffel-côte la première édition toute fraîche de *La République du Val-de-Loire*. Pascal était parti pisser en imitant, croyait-il, le grondement d'un B52 et les infâmes machines électroniques reposaient dans la paix du tilteur.

Je parcourus la une d'un œil vague : encore une partielle gagnée par l'opposition, déficit du commerce extérieur accru, augmentation du nombre des chômeurs, la seule chose qui baissait avec régularité étant la cote du chef de l'Etat.

Pages régionales, l'article concernant "le démantèlement d'un réseau de drogués" avait été mis en pages en dépit du bon sens, ce qui était exactement ce que je souhaitais. Un gros mastic était tombé par inadvertance sur le passage citant Souên et même le mot "*eurasienne*", par la faute d'une inadmissible coquille, s'était transformé en "*une ovarienne*" qui ramasserait un beau succès dans la rue des petites perles du *Canard enchaîné*.

Pascal revint délesté de sa mission de pilonnage et je lui tendis le canard. Il apprécia et m'envoya une bourrade.

— En avant-première de la tournée générale promise, clamai-je, j'offre dès maintenant la tournée du patron.

Charbo s'étant complètement fait lessiver (ceux qui ont un jour joué contre un tenancier de bistrot me comprennent à demi-mot), tourna vers moi ses beaux yeux mirauds, fouilla dans la poche gauche de son duffel-côte et en sortit une espèce de feuille de chou verte maculée de chenilles noires en quoi il était difficile de reconnaître un journal qui m'était inconnu.

— Je t'attendais, dit-il, d'abord pour récupérer mon Solex, ensuite pour te montrer *ça*…

Le ton sur lequel ce fin lettré désignait à mon dégoût l'épinard imprimé qui s'intitulait *Le Turone déchaîné* (*Turone* étant l'ancien nom de la tribu gauloise habitant les lieux), m'indiqua assez en quelle estime il le tenait.

— C'est le numéro zéro, dit-il, ça vient de sortir. C'est nazillon-gaucho, ça pue, on ne sait pas qui fait ça mais tu y es en vedette…

Le cliché était mauvais, baveux, mal cadré mais parfaitement explicite, d'autant qu'un titre en travers ne laissait subsister aucune équivoque :

"JE SUIS UN HOMO, COMME ILS DISENT !", en gros.

Caractères plus petits mais pas moins lisibles :

"Nous déclare le chef des informations générales de La République du Val-de-Loire *surpris en pleine action."*

Et la photo me représentait, pleine page, avec Régina outrageusement fardé et comme penché amoureusement vers moi, devant le comptoir de Chez Berthe. Un phylactère complétait ce répugnant tableau, sortant de ma bouche : *"En plus je rapporte"*, disait la bulle.

L'article qui s'ensuivait, en page 2, ce torchon n'en comportant que quatre, était joyeusement malveillant et foncièrement fantaisiste mais il en ressortait qu'en gros, j'étais une fieffée lope, le cafard d'Hennique, l'ordonnateur de partouzes patronales, d'origine prétendument russe ou hongroise et, ce qui était le moins éloigné de la vérité vraie du Bon Dieu, que je ne crachais pas sur la bouteille. On y relatait comment j'avais été appréhendé en compagnie de travestis et forcé de balancer un réseau de drogue (à laquelle le rédacteur anonyme n'excluait pas tout à fait que je m'adonne) tandis que mon complice habituel, dont seules les initiales (P.D. pour Pascal Delcroix) étaient citées et qui était qualifié de *"fâchiste du barreau"*, se livrait à d'inouïes sardanapales avec son harem de femmes soumises et peut-être vénales.

— Quand je te disais que quelqu'un m'en veut, lançai-je à Pascal tout aussi dégrisé que moi. En plus, te voilà dans la sauce, toi aussi.

Il poussa un long sifflement tandis que je tournais et retournais la feuille de chou-rave afin d'y trouver une indication d'imprimeur, un nom d'ours ou l'empreinte digitale du salopard responsable de cette saloperie.

Mais nib, le reste du *Turone déchaîné* était un peu mélodieux tissu de ragots tous plus controuvés les uns que les autres, deux dessins humoristiques, manifestement relevés dans une vespasienne, un horoscope chipé à Madame Soleil notre voisine blésoise et quelques blagues piquées dans *L'Almanach*

Vermot de 1929 complétant la maigre pagination de quatre feuillets.

— Si tu veux mon avis, dit calmement Charbo, après ce numéro zéro, il n'y aura pas de numéro un ni aucun suivant. En tout cas, le journal en a été inondé, on en trouvait dans tous les casiers et sur tous les bureaux.

Mazette, j'avais bien l'impression qu'avec cette gazette, l'opinion de ma crémière et du voisin de Pascal n'était pas près de changer à notre propos. Je frissonnai dans le blouson de cuir que m'avait prêté mon camarade, inquiet.

— Au fait, dit Charbo, et mon Solex ?

Je sortis délicatement la clé de l'antivol de ma poche et la lui tendis. Le téléphone sonna et le patron décrocha.

— Tu le trouveras sur les bords de Loire, dis-je, à la hauteur du Champ-de-Mars, au pied d'un escalier.

— Oui, je vous le passe, dit le limonadier.

— Quoi, s'étrangla Charbo, si loin que ça ?

— Ne t'inquiète pas, dis-je, on ne te le volera pas, il est bien attaché.

— Qu'est-ce qui se passe ? blêmit Pascal dans le combiné.

— Tu aurais pu le rapporter ici, se plaignit Charbo.

— C'est la petite qui vient faire des flippeurs sur ton compte, m'expliqua le patron, elle voulait Pascal ou toi, le moins saoul, elle a dit.

— C'est vrai quoi, pleurnichait Charbo, c'est que j'y tiens, moi, à mon Solex.

Pascal écoutait et raccrocha brutalement.

— Radine, me dit-il, Hennique vient d'embarquer Sophie en procédure de flagrant délit. Ils ont trouvé cent grammes d'héroïne dans la doublure de ton imperméable.

Commentaire de maître Delcroix :

Pas de commentaire, ça s'est en gros passé ainsi.

Ah si, tout de même, une remarque sur le fond ou, plus exactement, sur l'époque où s'étaient déroulés les faits curieusement relatés par le journaliste qui n'avait pas été aux chiens, mais aux pourceaux : il semblait considérer que le début de ces années quatre-vingt recelait je ne sais quelle morne apocalypse sur fond de gadoue. Sans aller jusqu'aux propos de je ne sais plus quel zozo pensant socialiste qui estimait qu'avec le 10 mai, "nous étions passés de l'ombre à la lumière" j'en avais pour ma part un souvenir moins ravageur ("C'étaient surtout des années chiantes", glisse Moune qui a fait un sort définitif aux "popinées" du plateau de fruits de mer et qui en profite, le temps d'une pause de lecture, pour affirmer que les huîtres ne se peuvent reproduire qu'en enfilant des perles).

En effet, chiantes, comme le cancer n'est pas une "maladie longue et douloureuse" mais une maladie chiante et gerbatoire. Et ce n'est pas l'avènement du socialisme qui a poussé Machin à se réfugier au bout du monde, comme d'aucuns prétendent s'être exilés au Brésil pour fuir la dictature giscardienne, mais vraisemblablement pour se fuir lui-même et échapper à ses terribles zones d'ombre policières, à ses pulsions cachées, à ses honteux secrets pseudo ésotériques. Par ailleurs, c'est vrai que ces huîtres de Montagnès sont absolument divines.

CHAPITRE VIII

Le retour fut moins difficultueux que l'aller mais pas moins rapide. Il devait être dans les onze heures du soir et de gros nuages d'acier passaient devant le trou lumineux de la lune, bas et ouatés. L'air avait cette pesanteur tranquille, cette résonance étouffée qui annonce la neige, avec ses bonshommes, ses luges et tout le tremblement cristallin.

Mais à propos de neige, celle qu'on avait saisie dans mon imperméable n'avait rien d'enfantine et je nous voyais de plus en plus salement mouillés.

— Tu ne crois pas, dis-je, qu'on aurait pu attendre Hennique au commissariat ?

— Pour se faire argougner, dit vulgairement le bavard, tu l'as bonne, toi. C'est *ton* imper et c'est *chez moi* qu'on l'a trouvé.

— Tu ne crois pas sérieusement… commençai-je inquiet.

— Non, dit-il, là, ils en font un peu trop : Souên d'abord, Sophie ensuite, ce n'est plus de l'humour, c'est de la rage.

— Et tu paries combien que c'est moi qui suis censé avoir téléphoné au lardu pour dénoncer la présence de cette drogue chez toi ? Parce que je te signale, Pascal, que rien ne prouve que cet imperméable m'appartient même si j'ai laissé le mien, complètement trempé, dans ta salle de bains.

— C'est probable et je te remercie de l'attention. Machin, dit-il en lorgnant la grosse veste de laine canadienne à carreaux qu'il m'avait prêtée, stoppant au coin des Prébendes et éteignant ses feux de position.

Comme prévu et de juste, un break Renault sombre avec sa courte antenne de langouste stationnait devant l'étude, le ver luisant d'une cigarette rampant à l'intérieur. La police veillait.

— Qu'est-ce qu'on vient ficher là, alors ?

— Moune va sortir par derrière, dit Pascal soucieusement.

— Tu as entendu, m'indignai-je, elle joue aux machines à sous sur mon compte !

— Sur le mien aussi, ne t'inquiète pas.

Une petite ombre malingre et maligne se matérialisa à mes côtés, ouvrit la portière et passa sur mes genoux pour se faufiler à l'arrière.

— Cette tasse, dit Moune un peu essoufflée, tu verrais le bazar qu'il y a dans la piaule !

— Tu as bien pris les clés de la Boissonnière ? demanda Pascal.

— Affirmatif, dit la drôlesse, mais tu crois pas qu'ils vont planquouzer là-bas aussi ?

— Ce serait de la compétence des gendarmes, dit l'avocat en démarrant, et le temps que ceux-là se déplacent…

Je savais où nous allions : la Boissonnière est la maison de campagne de Pascal, à Véretz, sur la route de Bléré, pas loin du petit cimetière où son pépère et sa mémère sont enterrés, humbles voisins des tombes de Paul-Louis Courier, le grand pamphlétaire et d'Eugène Bizeau, le délicat poète des bords du Cher.

— Hennique a laissé un message pour tézigue, dit Moune qui s'était perchée entre nous deux et alors que nous remontions l'avenue de Grammont. Verbalement et sexuellement (textuellement ?), il a blatéré comme suit : *"Serait-il possible que, d'une manière exceptionnelle, maître Pascal Delcroix ne se situe pas au-dessus des lois et que, loin d'échapper à une procédure qui pour être exorbitante n'en est pas moins admise dans les affaires de drogue* (le ouistiti singeait le commissaire à la perfection), *il veuille bien se présenter à mon bureau dans les délais les plus brefs ?"*

— Tiens, fume, dit laconiquement Pascal et nous étions déjà arrivés au carrefour de Verdun le temps qu'elle finisse sa phrase.

C'est en traversant Saint-Avertin que les premiers flocons crémeux commencèrent de s'écraser sur le pare-brise, tels des insectes suicidaires.

Notre vision du monde en général et de cette commune en particulier fut bientôt limitée à la trouée jaune des phares dans le magma blanchâtre de la neige qui s'était abattu sur nous comme des murs de clinique, au grand ravissement de la donzelle. Nous avions maintenant affaire à une véritable tornade, un vous avez dit blizzard de crache aéropostal.

Pascal ralentit notablement, les essuie-glaces redoublèrent d'activité et nous escaladâmes la côte de l'Ecorcheveau comme si c'eût été un col vertigineux balayé par des rafales jamais vues en Touraine, même sous VGE, menacé d'avalanche au moindre éternuement.

— On est suivis, dit Pascal alors que nous arrivions sur Larçay.

— Un hasard, proposai-je en me retournant, un début de convoi dans la tornade ?

A peut-être trois cents mètres derrière, deux gros yeux félins suivaient tous nos mouvements et la même route par la même occasion.

— Tu crois que c'est la Pajero ? interrogeai-je.

— On dit le Pajero, corrigea mon érudit ami, puisqu'il s'agit d'un chat sauvage andin. Non, je ne pense pas, ajouta-t-il après un moment de réflexion, ce sont les phares d'une voiture basse.

— La poulaille ?

— Non, c'est une bagnole claire, dit mon sagace ami en scrutant le rétroviseur de son œil de sphinx.

Il arrêta la B(elle) M(agnifique) W(ouature) sur le bord de la route et sous la carotte pourpre et phallique du bureau de tabac de Larçay, au sommet du dos-d'âne. Derrière, l'automobile filocheuse stoppa de même, conservant le même écart. Le doute n'était pas plus permis que la viande de porc à un musulman, nous étions suivis avec, faut-il le souligner, assez peu de discrétion et d'adresse.

— Ça m'embête de les amener jusqu'à la Boissonnière, dit pensivement Pascal en redémarrant, imité en cela par nos pisteurs.

Et il braqua d'un coup sec à droite à la sortie du village, dérapant dans la neige, puis entamant une petite montée cahoteuse et à la blancheur immaculée.

Une pancarte annonçait, sur la paroi du coteau juste en face de nous : "Ghost-Club… Dancing" et nous nous engageâmes sous la haute voûte taillée dans le calcaire.

C'était une ancienne champignonnière, creusée, comme beaucoup dans la région, dans le tuffeau des coteaux et qui s'étendait en des kilomètres de ramifications troglodytes, culs-de-sac moisis, ronds-points obsolètes, décharges à cageots désaffectées, zigzags trompeurs, en bref, pour ceux qui aiment les i grecs, un infernal labyrinthe qu'un tenancier inspiré avait transformé en jeu de piste avec fléchage idoine pour mener, après bien des détours souterrains, à la boîte de nuit proprement dite, tout au fond du parcours, et dont, à ce qu'on sache, les décibels avaient peu de chances de déranger les voisins.

Nous y étions allés quelques fois, non pour danser, fichtre, mais pour boire dans ce fantomatique club qui sentait le renfermé et où planait encore l'odeur tenace, humide et âcre, de ce qu'on appelle les champignons de Paris parce qu'ils sont cultivés en Touraine. Pascal fila net à un détour jusqu'à s'assurer que nos poursuivants n'avaient pas craint de s'aventurer sous la voûte crayeuse, délaissant la blancheur bleutée et scintillante de la neige pour l'humus du dédale.

Un bref éclat de phares nous parvint et Pascal, rigolant tout seul, entrouvrit sa portière et dit à Moune :

— Je roule au pas, tu nous suis et tu enlèves tous les panneaux fléchés...

Moune sauta légèrement de la BMW, Pascal éteignit ses lumières et nous pénétrâmes dans le royaume de l'obscurité.

— Où veux-tu en venir ? demandai-je à voix basse, saisi par l'atmosphère sépulcrale des lieux.

— On va les égarer, les fourvoyer puis, une fois qu'ils seront complètement paumés, revenir sur eux et savoir qui c'est.

En règle générale, je n'aime pas beaucoup les idées guerrières de Pascal qui a un peu trop tendance à se conduire dans la vie normale comme s'il servait toujours dans un régiment d'élite, ce qui ne va pas parfois sans contusion ni confusion. Cependant, je dois admettre que, sauf à considérer que nous ne nous égarerions pas nous aussi, son plan était commak.

Moune trottinait derrière nous en arrachant les flèches phosphorescentes et les empilant dans un imaginaire carquois. De temps en temps, à un coude du labyrinthe, nous parvenait un coup de lumière venant de derrière, preuve que nos suiveurs n'avaient pas encore décramponné. Mais, bientôt, le parcours devint plus hasardeux et un carrefour vicieux nous permit de faire la différence : nous n'entendîmes plus le moindre bruit de moteur et Pascal arrêta également le sien.

— Et comment on va faire pour ressortir ? interrogeai-je ingénument.

— On verra plus tard, dit l'impudent en descendant de voiture.

Je l'imitai, passablement inquiet et un tantinet claustrophobe. Il tira de sous son siège un objet de forme longue qui se révéla être un morceau de câble électrique gainé d'un épais plastique noir, de la grosseur d'un dudule de CRS et, en vérité, c'est ce que c'était, une excellente matraque, ma foi.

— Prends le cric dans le coffre, chuchota-t-il, non pas le cric, la manivelle du cric, imbécile.

Comme il s'était institué mon chef de patrouille, je ne relevai pas l'insulte et nous nous étions assez bagarrés comme ça ce soir. Il fit signe à Moune de regrimper dans la voiture, ce qu'elle fit de mauvaise grâce, ayant déjà sorti de la poche de sa parka rouge un petit canif suisse dans le dessein non dissimulé de se joindre au commando et d'égorger nos poursuivants.

Une portière claqua pas très loin alors que nous nous étions mis en marche en revenant sur nos pas et l'écho le renvoya de voûte en voûte. C'est incroyable ce que nos ancêtres pouvaient être creuseurs mais il est juste de dire que toute cette pierre extraite servait, une fois façonnée par d'habiles tailleurs, à faire ce merveilleux tuffeau, orgueil des façades tourangelles et des châteaux de la Loire, fin du paragraphe didactique.

L'atmosphère était oppressante, chargée de senteurs lourdes et acides. Pascal avançait en tête, voltigeur nyctalope, à demi courbé comme s'il reniflait la piste de l'ennemi, tâtant de temps en temps la paroi et je compris qu'il se repérait avec les traces des panneaux arrachés qui avaient laissé des cicatrices dans le calcaire humide.

Ce qui, entre parenthèses, nous permettrait de ressortir sans encombre de la champignonnière, ainsi que font, en suivant les rainures du parquet, les petits malins dans les palais des glaces des fêtes foraines.

J'emboîtai le pas, pas très rassuré, étreignant de la main droite la manivelle du cric et tâtonnant de ma canne-épée d'aveugle avec l'autre main. Nous atteignîmes le carrefour spécieux et, effectivement, c'était là que les malfaisants s'étaient gourés, s'engageant sur une voie de belle apparence alors que la bonne route était plus bléchardé.

Nous entendîmes le murmure en même temps que brillaient devant nous, à trente mètres, les catadioptres de l'automobile, une 505 rouanne immatriculée dans l'Indre-et-Loire. S'il y avait murmure, il y avait au moins deux occupants.

— Je te dis qu'il faut faire demi-tour, fit la voix fluette de Fred, le truand champion de la pétanque truquée.

Claude Salvet, *alias* Régina le travelo public, lui répondit de ne pas l'énerver et d'abord de taire sa gueule. Pascal et moi nous étions plaqués contre la paroi suintante et poreuse. Mes deux compagnons de boisson de la veille étaient descendus de leur véhicule et je pouvais détailler leurs silhouettes obèses au contre-jour de leurs phares restés allumés.

— Qu'est-ce qu'on glande, insista judicieusement l'écumeur des terrains barlongs, on est paumés…

Pascal bondit soudain de l'anfractuosité où nous étions tapis magiquement et brandissant son dudule, tapa un peu au hasard sur les deux masses immobiles. Je le suivis avec un temps de retard dû à ma légendaire lâcheté, tournant la manivelle pour finir de lier la mayonnaise de coups.

C'était la réédition du fameux combat d'hommes de couleur dans un tunnel, sauf que nous étions tous les quatre caucasiens et que nous étions dans une champignonnière. Les coups pleuvaient à l'aveuglette, j'en reçus un, je crois, de Pascal et, en échange, j'en filai un, violent, dans le bide de Régina qui s'écroula en gémissant.

— Arrêtez, fit la voix grêle de Frédéric-Charles, le roi du cochonnet, on se rend. On n'est pas armés.

Je relevai Régina Salvet et le poussai devant les phares où il retrouva son compagnon qui saignait du nez tandis que lui se tenait les côtes et pas de rire.

Régina était habillé de manière plus décente que la dernière fois où je l'avais vu. Un très sobre tailleur trois-pièces gris souris imitation Chanel avec toutefois un foulard pistache parcouru de palétuviers en fleurs et des bas noirs à filets sur des mollets un peu forts. Quant à Fred, il arborait son éternel manteau carlingue sur lequel glissait le pourpre de son raisiné, comme les rosettes d'une légion de donneur de sang.

* 152,45 euros.

Pascal les fouilla méticuleusement et, de fait, ils n'étaient pas enfouraillés. Je me demandais comment ces deux zigotos avaient pu sortir si vite de cabane avec leurs pedigrees et le motif que leur avait collé Hennique et je pensai un moment à une immonde provocation policière qui m'étonnait toutefois de la part du lardu.

— C'est fini vot' coup de main ? interrogea dans notre dos la voix aigre de Moune. Je peux venir reluquer les vilains ?

Pascal s'assit sur le capot de la 505 tandis que je tenais les deux compères en respect de la pointe dénudée de ma canne-épée. Moune nous rejoignit et zieuta les deux vilains avec effronterie.

— Maintenant, dit Pascal en me désignant de sa matraque, il va falloir expliquer à mon copain toutes vos manigances…

— D'accord, dit Fred sans la moindre difficulté, son museau de jockey fripé se déplissant en un bon sourire. On s'est déjà fait casser la gueule par les flics pour seulement cent sacs*, on veut pas en reprendre une pour que dalle.

— Soyons clairs, dis-je en baissant ma garde. *Qui* vous a remis cent sacs ?

— Alors là, dit Régina plus du tout efféminé et plutôt rouleur, vous allez pas nous croire, on sait pas.

— On vous croit pas, dit Pascal en levant son gros câble panpan.

— C'est vrai, c'est vrai, dit l'as de la pétanque de sa voix ridiculement faible, on connaît pas son

* 304,90 euros.

nom. C'est un barbu rouquin avec les cheveux longs, il a une bagnole brun clair genre Paris-Dakar…

— Immatriculée dans l'Indre-et-Loire ? questionnai-je perfidement.

— Non, dit Régina, c'est du 41, c'est le Loir-et-Cher !

— Bon, dis-je satisfait, alors, expliquez…

Manifestement, c'était Régina qui était le plus doué pour l'expression vocale et il s'étala sans se faire prier. Le hippize rouquin (j'avais ma petite idée sur son identité, désormais) d'une quarantaine d'années était entré Chez Berthe dont Salvet (Régina) était le gérant très provisoire. Fred était présent, attendant qu'il fût l'heure d'aller plumer le retraité, et le barbu leur expliqua qu'il était un de mes copains, qu'il voulait me faire une bonne farce.

— On n'y a pas cru, on n'aime pas les farceurs, commenta sévèrement Fredo. Alors il a jeté deux cents lacsés* sur le zinc. On y a cru.

En gros et puis tiens, même en détail, voici ce qu'il leur demandait : un des deux qui avait l'habitude de se travestir s'habillait de façon provocante et me draguait comme une folle pendant que ce farceur de Rouge-Barbouse, planqué derrière la cloison où un trou avait été pratiqué entre deux cadres, me photographiait.

Au cas où je ne serais pas entré Chez Berthe, ce qui en vérité ne m'arrivait presque jamais tant les truands et les travelos m'horripilent, Fred devait m'y attirer quand je serais revenu chez moi en prétextant une information sensationnelle.

Pour parachever l'excellente plaisanterie de carabin, devait intervenir la joyeuse bande de mes toujours supposés potes, les uns déguisés en gardiens de la paix, d'autres jouant les inspecteurs en civil. Histoire de faire davantage rafle locale, le remarquable metteur en scène poilu de cette hilarante blague avait confié des accessoires aux frimants appointés : un revolver au percuteur limé et un poignard oriental à lame recourbée appelé kandjar en dialecte persan et qui présentait l'amusante particularité d'être un accessoire de théâtre en aluminium poli.

— Bidonnant, dis-je, et à quel moment vous êtes-vous moins bidonnés ?

— Quand on a vu le panier à salade, répondit Fred avec indignation, on a trouvé que la farce devenait un peu trop mahousse et compliquée…

— Et quand on s'est retrouvés au commissariat avec les cadènes aux pognes, enchaîna Régina avec ce vocabulaire imagé qui fait le charme essentiel de ces messieurs les Hommes, ç'a plus été du quès. On se marrait plus du tout, pour tout dire.

Ensuite, quand Hennique leur avait fait écouter l'enregistrement de "ma" voix appelant au secours, sans même se demander, les imbéciles, comment j'aurais pu téléphoner alors que j'étais avec eux, ils avaient piqué une grosse colère, m'avaient traité de tous les noms… Puis, les flics s'étant enfin avisés que les armes étaient inoffensives et que leur port ne ressortissait donc pas à la prohibition que définit une loi inique dont Pascal ne se souvenait pas du numéro, on les avait relâchés dans la fraîcheur de la nuit, histoire de ne pas les avoir arrêtés pour rien.

— Et en sortant du commissariat, dit Régina, sur qui qu'on tombe ? Sur la balance, euh… sur vous qui rentriez dans un rade avec un poteau. On était encore à cran contre vous et contre le poilu rouquemoute, on s'est dit qu'on allait faire la causette…

— Faites excuse, intervint Fred, de vous traiter de balance, mais vu qu'on vous connaît bien en tant que voisin et que journaliste…

Et ces deux naves avaient attendu notre sortie du Petit Tonneau, emboîté notre roue et continué de jouer filoche afin d'avoir une explication "entre Hommes". M'est avis d'ailleurs qu'ils avaient plutôt envie de m'extorquer de l'argent "en punition" mais je n'en dis rien afin de ne pas perturber l'ambiance qui était devenue franchement cordiale.

— Bien, dit Pascal, si on allait s'en jeter un ? Le bar n'est plus très loin si je me souviens bien.

— Oui, dis-je, mais apparemment c'est aujourd'hui le jour de fermeture et la porte doit en être close.

— Ben alors, miaula Moune qui avait enfin trouvé le moyen de placer son grain de fiel, ça doit être dans les spécialités de ces deux loquedus que de savoir forcer les lourdes.

*

Après quelques gorgeons dans la semi-obscurité de la boîte de nuit, en bordure de la piste de danse envahie de bardane, nous étions devenus copains comme cochons, Fred m'expliquant les secrets de la boule plombée de pétanque, Pascal proposant à Régina qui lissait un de ses bas noirs qui avait filé, de lui servir de conseil quand Chez Berthe ferait prochainement l'objet d'une fermeture administrative et Moune titillant les platines du disque-jockey qui aurait une sale surprise le lendemain en ne retrouvant pas les tubes du mois dans leur casier.

Sincèrement, les deux demi-sels ne pouvaient pas me donner de détails supplémentaires sur le facétieux rouquin pileux mais je n'en avais cure. Par déduction avec ce qui s'était passé la nuit précédente, recoupements avec quelques descriptions qu'on m'avait faites du personnage dans le passé, je connaissais mon homme, alors même que je ne l'avais jamais vu. J'avais déjà plusieurs comptes à régler avec lui, d'autrefois, *mais* son abject petit manège foireux de me faire accuser de cafardage, *mais* de faire aller Souên et Sophie en cabane et en risquant d'y rester longtemps, *mais* sa tentative de meurtre sur les bords de Loire, me donnaient l'envie folle de le mettre en morceaux et de les donner aux chiens de mon patron.

Après que nos désormais deux excellents camarades eurent crocheté et vidé la caisse du Ghost Club et que j'eus empoché deux bouteilles de rare ouisquie, nous regagnâmes nos véhicules pour sortir en convoi, ce qui s'opéra sans difficultés majeures, prouvant ainsi que même en 1981, il existait déjà un dieu copilote pour les ivrognes.

Dehors, c'était une merveille de carte postale de Noël, bien que la neige se soit arrêtée de tomber. Couvrant les vallons et faisant ployer les branches des arbres, le mol tapis blanc scintillait de ses milliards de cristaux, crissait délicieusement sous nos roues et étouffait doucettement les sons.

La Peugeot 505 et la BMW 1600 se séparèrent civilement avec un petit son de trompe, eux repartant sur Tours, nous continuant sur Véretz.

Une lune d'or éclairait le paysage et ne voilà-t-il pas, là-bas, qu'au détour d'une coquine étoile à œillades répétées, apparaît le traîneau d'argent de l'indiscret vieux bonhomme, tiré par d'exotiques animaux aux andouillers aplatis en palette, caparaçonnés de fils de la Vierge et s'arrêtant parfois pour laper à la façon lapone le breuvage exquis et onctueux de la Voie qu'on prétend lactée.

— Merde, dit Moune, ça va vachement glisser dans la montée !

Commentaire de maître Delcroix :

La bataille rangée dans l'obscurité ne fut pas si générale que Serguie le prétend et la connotation post-freudienne de la grotte/tunnel comme symbolique vaginale, grosse comme une valise sans poignée dans la problématique "machinale". Mais peu importe car une question me taraudait surtout : QUI avait bien pu glisser, à l'insu de Sophie, ces cent grammes d'héroïne que les policiers avaient trouvés dans l'imperméable kaki détrempé de mon ami ?

CHAPITRE IX

Très tôt le lendemain matin, je me réveillai dans une forme éblouissante (en fait, en forme de chien de fusil) sous la grosse couette campagnarde dont Pascal, négligeant les draps, m'avait gratifié.

Un silence magnifique régnait aux alentours et je compris alors que nous étions samedi, que le ouiquende était commencé et que les chutes de neige avaient empêché les possesseurs de résidences secondaires voisines de se livrer à leur exaspérante passion de la tondeuse à gazon et autres hideux motoculteurs.

Moune n'avait pas tort : pour monter à la Boissonnière, qui est située au sommet d'une forte côte marquant le début de l'ample forêt où Paul-Louis Courier fut assassiné, ç'avait été aussi coton qu'une descente en bobsleigh mais nous étions sortis vivants de cette périlleuse expédition où nous aurions pu croiser un ours polaire courant derrière un Inuit qui aurait poursuivi un pingouin (l'alcool sans doute, il ne faut pas que les Esquimaux en abusent, même si on peut en rencontrer imbibés de Grand-Marnier dans certains entractes, d'autant que les pingouins ne se rencontrent que dans l'Antarctique) et une aurore boréale de fort bonne tenue.

J'émerge toujours bien à la cambrousse et même, je prends exceptionnellement des petits déjeuners à la cambrousse et pis, je ne crains pas d'affronter la peau duveteuse, frissonnante et écœurante qui se dépose sur le café au lait en refroidissant à la cambrousse et à la cambrousse, il m'arrive même d'avoir des érections matinales.

— T'es réveillé, Machin ? interrogea Pascal avec arrogance (rien de plus stupide que cette question angoissante, plus répulsive encore que les dépôts crémeux à la surface d'un bol de café au lait).

Je m'étirai sous le doux édredon de plumes et de duvet, comme la terre étirait ses sillons sous l'édredon voluptueux des poils d'ange de la neige puis je sautai dans le froid cruel des carreaux rouges du sol pour rejoindre l'avocat dans la cuisine où il faisait bouillir de l'eau pour le thé. Le thé…

— Moune dort encore, reprit-il, et je m'en fichais bien n'eût été la tranquillité que cela nous procurait. Il va falloir filer d'ici de bonne heure parce que Hennique et ses argousins ne vont pas tarder à rappliquer.

Je bâillai en acquiesçant mollement, balançant le sachet Lipton dans l'eau bouillante d'une tasse ébréchée.

— Je me demande, dis-je, comment ces sachets d'héroïne ont pu aboutir dans la doublure de mon imperméable. Ce seraient les flics qui les auraient mis ?

J'avais bien un moment pensé à Régina ou Fredo avant qu'on nous embarquât, mais les deux arsouilles avaient été formelles : ça ne faisait pas partie du tortueux canular élaboré par le vieux bitenique roux.

— Pas bien le style d'Hennique ce genre de montage, émit Pascal alors que paraissait Moune, vêtue en tout et pour tout de sa culotte Petit-Bateau, ses deux jolies petites poirettes du type bergamote d'automne exhibant malicieusement le limbe du calice des aréoles juvéniles. Ce n'était pas assez mûr pour être troublant mais déjà suffisamment charnu pour être goûteux.

— Va t'habiller, commanda assez rudement Pascal, tu ne vois pas que Machin devient indécent.

Elle disparut tandis que je murmurais penaud :

— Erection matinale et vicinale…

Comme d'ordinaire, l'avocat prétendit prendre la direction des opérations, ce qui, Dieu sait, nous avait conduits dans le passé à quelques retentissantes catastrophes. Beurrant une biscotte, le fin stratège ordonna :

— On va y aller directement. *Elle* saura bien nous dire où *il* est, le sagouin !

Je n'étais pas très enthousiaste devant son plan et je tentai de dévier la conversation.

— Et Sophie et Souên, on ne s'occupe pas d'elles ?

— Le plus simple, décida Pascal qui, quand il a une idée dans la tête ne l'a pas dans le cuboïde, c'est de retrouver le cadavre de Jean-Loup Muller puisque, pour Hennique, il n'est pas mort mais en cavale et complice de Souên. Puis lui amener aussi ton zigoto rouquin et ta pétasse afin qu'ils expliquent le coup. Vu ?

Moune revint dans la cuisine ayant enfilé un survêtement et de grosses bottes fourrées. Nous l'imitâmes et, en compagnie de Pascal, je fis la chasse aux vêtements chauds, chaussures de marche, chaussettes moelleuses et même un passe-montagne que je lui ravis sous le nez tandis qu'il se décidait pour une casquette Bigeard bariolée.

Puis nous passâmes aux choses plus sérieuses : d'une maie ventrue, il sortit le fusil de chasse calibre 12 de son grand-père, une poignée de cartouches y afférentes et une grosse boîte oblongue qu'il ouvrit avec cérémonie : une très belle carabine de chasse Watherby .270 mm y reposait dans un écrin de mousse, munie d'une lunette Zeiss impressionnante.

— J'avais acheté ça pour aller chasser le cerf en Sologne, dit-il en glissant dans sa poche une poignée de balles Winchester à têtes explosives, mais tu me connais, je ne ferais pas de mal à une biche…

— Remarque bien, dis-je, qu'on y va en Sologne.

— Vouais, fit-il en me matant sournoisement, mais pour ce qui est de celui qui porte les bois…

Il n'acheva pas mais je trouvai quand même la plaisanterie détestable.

*

Plutôt que de rejoindre les levées de la Loire, nous gagnâmes Amboise en passant par Bléré et cette route était un enchantement loqueteux, entre des bois ouateux où s'inscrivaient parfois les double-vés noirs de corneilles affamées et croassantes, le blanc bleuté des mômes à fougères et le ciel étamé qui voilait encore un soleil matinal et livide. La neige était pâle comme un rêve de soupe polaire et il fallait souvent rouler au ralenti sur les plaques de verglas. Hêtres et chênes, de chaque côté de la route, avaient la tête capuchonnée d'un blanc capitonné dont ils se débarrassaient parfois, au gré d'un petit coup de vent, comme un humain semant ses pellicules.

Puis d'Amboise, nous piquâmes sur Blois. Pascal était tout joyeux : pour lui, une expédition punitive chez les gens du Loir-et-Cher s'apparentait furieusement à l'état d'esprit d'Attila au moment où il se mettait en selle sur ses biftèques crus. Le Tourangeau est ainsi fait qu'il méprise ses voisins départementaux, les Sarthois évidemment en premier pour d'obscures raisons de rillettes puis les Blesois qui ont le front de se partager en Berrichons, Beaucerons et Solognots et enfin, mais de manière plus nuancée, les Angevins qu'il considère comme des Tourangeaux un peu ratés.

Dans le coffre de la BMW 1600, reposaient les deux flingots, à quoi Moune, qui avait insisté pour faire partie de la vague d'assaut, ajouta un lance-pierres qu'elle approvisionnait de calots d'acier.

— Imbattable je suis à la bibille, avait-elle dit, en plus, ça fait moins de bruit que votre arsenal !

Je revoyais comme dans un rêve les yeux vitreux et morts de Jean-Loup Muller étendu sous l'enseigne lumineuse du teinturier *(vit' fait... bien fait)*.

Comment Gisèle avait-elle pu en arriver là ? On vit avec des êtres, on croit connaître les infimes plis de leur personne, on les classe dans les rubriques correspondantes et puis on s'aperçoit d'un seul coup que la fiche perforée de leur âme a sauté d'un rayon, que les pliures sont passées d'un seul coup, par l'effet du diabolique empaumage d'un manipulateur divin, d'in-folio en in-octavo et qu'on ne retrouve plus rien de l'original.

Tout un pan de mon passé ressurgissait devant moi, sur la page vierge des levées enneigées de la Loire : le passage d'Augustin à Blois*, mon copain Joseph Pinto, le détective privé**, qui était allé mourir à Beyrouth dans les rangs des Phalanges chrétiennes en 1979, et tant d'autres encore qui avaient traversé les passages cloutés de ma vie et qui s'étaient arrêtés définitivement au feu rouge de l'oubli.

— C'est joli, ça, dit Pascal comme nous entrions dans Blois par le boulevard Daniel-Dupuy, tu devrais écrire…

— Trop fainéant, bougonnai-je, tourne après la gare.

— Ça sent le chocolat, constata Moune en se léchant les badigoinces.

— L'usine Poulain, dis-je, le vent est à l'ouest et ça parfume toute la ville.

Je guidai Pascal vers les hauteurs de la ville. Le magasin de disques de Gisèle était situé dans une

* *Le Grand Môme.*

** *Juste un rigolo.*

petite rue abrupte interdite aux voitures et qui s'appelle rue de la Porte-Chartraine. Elle habitait au-dessus, dans un capharnaüm crasseux, pratiquait la motocyclette et le zen où il n'y a pas de plaisir. Il m'avait semblé, l'autre nuit, qu'elle avait grossi, mais moi-même…

Pascal gara le cabriolet en haut de la chaussée, nez tourné sur la rue du Bourg-Neuf. Il était neuf heures du matin et le magasin n'allait pas tarder à ouvrir.

— Ecoute, dis-je à Pascal, laisse-moi y aller tout seul.

Le chef de patrouille parut réfléchir, ce qui se manifestait par une main passée sur son crâne ras, puis se rendit à ma prière.

— D'accord, dit-il, mais Moune restera devant le magasin en faisant semblant de regarder la devanture. En cas de besoin, elle fera l'estafette avec moi.

— Je ferai pas semblant de regarder, bouda-t-elle, j'adore les nouveautés du chaud-bise.

Je descendis la forte pente de la rue Porte-Chartraine, agrippé au piolet de ma fidèle canne. Les badauds étaient encore rares, en ce samedi, l'activité principale se déroulant en bas de la ville où se tenait le marché hebdomadaire qui se déplacerait l'après-midi pour assiéger la Halle aux Grains de ses barnums bariolés et de ses camionnettes convertibles. Un boucher arrosait la sciure dans l'espoir vain d'y faire pousser des côtelettes toutes parées, un cordonnier travaillait à la petite semelle tandis qu'une boulangère aux grosses miches arborait le signe du croissant.

Moune me suivait à quatre pas, jouant l'enfant curieuse et je ralentis, empistrouillé par cette visite, différant mon entrée dans l'antre à microsillons. Depuis combien d'années n'étais-je pas venu ici ? Dix, douze ?

— Allons Machin, commandai-je, quand faut y aller et cesse de tirer à la ligne en contemplant cette boutique d'articles de pêche où les bouchons polychromes ponctuent le bambou noueux des gaules et où grouillent d'appétissants asticots dans un Tupperware. Maintenant, il faut ferrer sec.

Je poussai la porte vitrée du magasin hi-fi d'une poigne ferme. Il était peu achalandé, la clientèle n'étant représentée que par un adolescent filiforme qui dansait d'un pied sur l'autre, un écouteur sur les oreilles, ou plutôt sous la crinière.

Elle était dans le fond, classant le rayon "Classiques" et je fus salué par les cuivres chauds de l'ouverture de *Cavalleria rusticana*, doucement les basses, allez les chœurs.

— Bonjour Gisèle, dis-je doucement, ça va mieux depuis l'autre soir ?

Elle était vêtue d'un pantalon feuilles mortes et d'une tunique afghane, son épaisse chevelure auburn tombant sur ses épaules. Elle me fixa un moment puis finit de ranger un tas de Mozart (dans les baffles, Turiddu commençait à engueuler Santuzza et l'acnéen pop se balançait toujours au rythme saccadé de Michael Jackson trépidant entre ses deux oreilles) et enfin se tourna tranquillement vers moi.

— Je t'attendais, dit-elle.

— Tu es une belle salope.

Elle ne parut pas complètement opposée à cette constatation et se dirigea vers la caisse enregistreuse où je la suivis, m'assurant d'un rapide coup d'œil que Moune était bien à son poste.

— Tu ne m'as pas encore dénoncée ? demanda-t-elle ironiquement. Le chevaleresque Machin a des scrupules qu'il a dû noyer dans le scotch et…

La baffe partit sans prévenir pendant que Santuzza, vexée, balançait Turiddu à l'infâme Alfio. Gisèle porta la main à sa joue qui rougissait et me considéra avec encore davantage de mépris si c'était possible.

— Ordure, dis-je dents serrées, tu sais ce que ton mec a fait ? Tu sais ce qu'il magouille, ce tordu ? Deux copines au trou, moi considéré partout comme une balance ! Et il a même essayé de me tuer, cette vérole !

Elle haussa les épaules (la scène vivante, presque gaie, du toast offert par Turiddu développa ses arpèges avant que vienne le moment éprouvant du défi marqué par le geste rituel de la morsure à l'oreille et que les percussions de *Thriller* occasionnent la transe en danse chez l'adolescent aux écouteurs) mais recula d'un pas pour éviter la seconde gifle.

— Je ne connais pas le détail, mais je sais qu'il te l'a mis jusqu'à l'os, dit-elle avec une étrange vulgarité. Moi, ajouta-t-elle étrangement, je m'en fous.

Son regard avait pris une fixité inquiétante, l'iris vert se dilatant en soleils éclatés et ses narines se pinçaient, diaphanes. Elle se passa plusieurs fois la langue sur ses lèvres minces, fit craquer la jointure de ses doigts (avec mon cocuage, une des causes principales de mon divorce).

— Où est-il, l'enfoiré ? interrogeai-je. Et le corps de Jean-Loup, qu'en a-t-il fait ?

Elle avait complètement décroché, camée à mort ou en état de manque, le regard perdu dans des constellations éclatantes ou dans un abîme brumeux et glacial. Une colère sourde s'empara de moi et je la baffai à la volée, en allers et retours, sauvagement. Sa tête ballottait (chœur des voix masculines : on a tué compère Turiddu), je me fis mal au dos de la main (le petit branché n'avait rien remarqué et trépignait en réponse aux chœurs des zombies du revenant Michael). Gisèle reprit un instant de lucidité et j'en profitai bassement :

— Où est-il ton Jules en ce moment ? A l'hôpital ?

— Oui, dit-elle avec peine et elle répéta : moi, je m'en fous…

Je la pris par les épaules et la secouai rudement, martelant bien mon avertissement :

— Je vais y aller, dis-je, et ne t'avise pas de le prévenir.

— Je m'en fous, dit-elle encore, je m'en fous, JE M'EN FOUS !

Et je la croyais.

Je sortis, *grazioso signore* Pietro Mascagni, thank you, mister Michael Jackson. Oui, je la croyais et j'étais sûr qu'elle ne ferait plus rien contre moi, tout occupée qu'elle était à mener sa propre guerre contre elle-même, contre la farine assassine des petits sachets de mort blanche, contre le souvenir avilissant d'un bisexuel aux cheveux bouclés, contre les étreintes glauques d'un gourou provincial, en épave consciente que le naufrage final était proche mais y cédant avec vertige.

— Ben dis donc, fit Moune avec admiration quand je la rejoignis sur le trottoir, qu'est-ce que t'y as mis à ta gonzesse...

Et la neige était très sale sur les pavés glissants de la bonne ville de Blois.

Commentaire de maître Delcroix :

Là, je suis absolument formel, Machin ment comme il respire, c'est-à-dire mal tant il fait peu d'exercice : ce n'est pas moi qui ai eu l'idée de cette petite expédition à Blois et j'y étais même farouchement hostile mais, à Véretz, il avait tant et tant insisté, si bien plaidé sa cause et, pour tout dire, m'avait tellement bourré le mou que j'avais cédé. J'étais également opposé à ce que nous prenions des armes, ne voyant pas très bien dans quelle guerre interdépartementale nous allions nous lancer. Je suppose que le but principal du journaliste était de nous faire constater, à Moune et à moi, dans quel état était son ex-femme.

La suite des événements et la prise des décisions sont de la même farine : je freinais des quatre fers pour éviter tout débordement (quand Machin dit qu'il était "en pleine forme", il était en réalité déchaîné, à la limite de l'hystérie, conforté j'ai le regret de le dire par la jeune Monique qui, n'étant pas aussi raisonnable qu'aujourd'hui, s'exaltait dans cette aventure minable). Hélas, c'est toujours le laid qui déborde.

CHAPITRE X

Au coin de la rue du Bourg-Neuf et de la rue d'Angleterre est sis un bistroquet appelé Au Bon Laboureur, garantie de libations antédiluviennes, tenu par le sosie hallucinant de Michel Simon dans *Boudu sauvé des eaux*, portant le tablier bleu à l'ancienne, mâchonnant une cigarette papier maïs et traînant des savates. Il y a aussi un billard et son râtelier de queues aux bouts mouchetés de craie bleue, un zinc en zinc et c'est franchement typique, quoi, même en cette année 1981 où nous accédions enfin à la modernité après avoir découvert *Dallas* à la télévision.

Curieux comme un juge d'instruction, Pascal voulait connaître tous les détails. Moune sirotait une menthe à l'eau à l'aide d'une paille ; une bouteille (foin des fillettes !) de Gris-Meunier de Meusnes et son fier petit goût siliceux de pierre à fusil était en parfaite harmonie avec la terrine de hure que nous étalions sur d'épaisses tartines.

— On ne peut pas rentrer comme ça au flan dans l'hôpital, disait Pascal apparemment satisfait de mes paires de claques racontées par l'orpheline en parka, il doit y avoir des tas d'infirmiers musclés et vindicatifs.

— Pourtant, dis-je, c'est la seule solution. S'il ne s'est pas encore débarrassé du corps dans la Loire ou dans un étang solognot, c'est à l'hôpital qu'il doit être. Si ça se trouve, ils ont une morgue là-dedans…

— Oui, dit Pascal en dégustant le vin jaune safran, les fous meurent aussi, je suppose.

Un moment de recueillement suivit ces fortes paroles et le clone de Michel Simon apporta la seconde bouteille qu'un index impérieux lui avait quéri. J'ai déjà souligné que les plans de bataille de Pascal appellent immanquablement les cataclysmes les plus abstrus mais je dois reconnaître qu'au départ, il se donne du mal dans la réflexion, que tout paraît limpide et d'une simplicité biblique et que, prétend-il *après*, ce n'est vraiment pas de sa faute si les faits ne se conforment pas à sa stratégie.

Et d'ailleurs, aux échecs, il ne voit pas plus de deux coups à l'avance jusqu'à ce qu'on s'aperçoive qu'il croyait jouer aux dames.

Cette fois-ci, cela n'échappa pas à la règle et il se frappa le front soudain comme si un quincosiau était en train de le piquer. Moune faisait des bulles dans son verre vert avec son chalumeau.

— Et si je me faisais passer pour un dingue ! s'exclama-t-il.

— Pas besoin de te forcer, dis-je faiblement. Mais s'il te connaissait ?

— Aucun risque, dit-il, et puis, je peux me déguiser. Et toi aussi, ajouta-t-il soudain, en proie à cet amour de la complication qui ne le quitte jamais.

— Et moi en infirmière ! s'enthousiasma Moune, les lèvres émeraude.

— Vous êtes complètement barjots, dis-je atterré, certain à l'avance que désormais nul n'en démordrait.

— Ben, dit Moune avec simplicité, pour entrer dans un asile de fous, c'est tout ce qu'il faut…

*

Après un passage chez un marchand de cotillons qui tenait enseigne dans le centre-ville, la situation, pour dégradante qu'elle était, se présentait comme suit :

Pascal portait une perruque de Beatles qui devait dater du temps du *Sous-marin jaune* et avait élargi ses narines à l'aide de coton qui le faisait parler du nez.

Moune avait acquis, chez un spécialiste du vêtement professionnel, une blouse blanche et un petit bonnet de la même couleur, avait fini le paquet de coton pour rembourrer son soutien-gorge et trimbalait une seringue.

Quant à moi, oh moi, le spectacle était pitoyable, quoique le loueur de déguisements s'était donné le plus de mal sur ma personne, essayant en prime de nous fourguer du fluide glacial et un coussin péteur : d'épais favoris gris poivre s'allongeaient sur mes joues et j'étais coiffé d'une casquette à la Sherlock Holmes. Une trousse de maquillage avait permis de me donner ce teint cadavérique et ces rides profondes qui me causaient des nausées quand je me regardais dans une glace. Mon embonpoint (reconnaissable entre mille, avait assuré l'avocat) était sanglé dans une bande Velpeau et un pince-nez aux verres neutres complétait le carnaval.

Ah non, j'oubliais le plus important et ce qui, en vérité, m'avait coûté le plus cher, Pascal, ayant, comme par hasard, oublié son carnet de chèques dans le tiroir de son étude.

Une somptueuse chaise roulante d'infirme, à la forme aérodynamique, aux pneus pleins, au coussin confortable et dont la vente avait suffi au patron du magasin d'appareils orthopédiques de la rue Denis-Papin, où nous l'avions achetée, pour payer ses traites de fin de mois.

— Aucune raison pour qu'un aliéné ne soit pas non plus handicapé moteur, avait décrété Pascal royalement, et en outre, ça justifie ta canne, ça nous permet d'entrer en masse, de cacher le matériel et de…

Nous chargeâmes l'encombrant véhicule dans le coffre de la BMW que l'on dut laisser ouvert, une roue tournant tristement dans l'air glacé, faisant étinceler la loterie de ses rayons nickelés.

Si je mets à part mes chèques sans provision pour louer les fringues et acheter la chaise roulante, le fait qu'on était recherchés par la police et qu'on s'apprêtait à pénétrer dans un hôpital peuplé de psychopathes, tout allait très bien, madame la banquise.

Nous traversâmes le pimpant pont de la Loire, pénétrâmes *en* Vienne ainsi que disent les autochtones, prîmes la départementale 956, itinéraire Bison futé comme flèche niaisement la Prévention routière.

La neige tenait bon sous les ardeurs drues du soleil de cette matinée de décembre. Herminée, la Sologne inclinait ses trembles et ses chênes, ourlait de givre le bord des étangs mystérieux et tapissait de mottes glacées, telles des pierres de sel miroitantes, la rectitude de ses allées cavalières.

L'hôpital, situé à proximité d'un village où les malades se promenaient d'ailleurs en liberté, était un joli castel entouré de pelouses pour lors passées à la chaux du ciel, flanqué de pavillons de chasse et de communs, et ceinturé par le bras d'une rivière qu'enjambaient de mignonnets ponts dans le goût japonais. Sous des dehors avenants et la parfaite ordonnance de ses jardins à la française, se dissimulaient selon moi la hideur intellectuelle la plus confuse, le relâchement moral le mieux affiché et les perversions médicales les plus charlatanesques.

Lieu-de-vie, Re-situation, Ou, barre de fraction, /verture, tels étaient quelques-uns des mots par lesquels les fondateurs de ce bastringue définissaient leur expérience, et là, les guillemets prudents s'imposent. En effet, "l'expérience" consistait essentiellement à laisser les fadas faire ce qu'ils voulaient et ça allait du caca dans la culotte au théâtre psychologique, du cri primal poussé en commun, aux droits innés à la marginalité, du il est interdit d'interdire et d'autres choses encore mais tournant toutes autour de l'idée générale qui était que les médecins étaient infiniment plus fondus que leurs patients mais qu'eux ne se faisaient pas soigner.

Le docteur Sigismond Lemoine, amant de mon ex-femme et meurtrier par moi présumé de Jean-Loup

Muller, sévissait là. C'était le genre de type que j'imaginais partisan d'épargner les baleines et de fusiller les fascistes, le genre à volontiers planquer un gang d'Action directe mais vraisemblablement refuser de pratiquer la respiration artificielle sur une petite vieille giscardienne. Stalino-freudien avéré, grand distillateur de slogans sur la nécessité d'autoriser les drogues dures et la kalachnikov mais d'interdire l'emploi du français autre que pataquèsique, Lemoine évoquait pour moi l'image entrevue récemment à la vitrine d'un marchand d'articles de pêche : un bac grouillant de larves dodues, prêtes à devenir d'opulentes mouches vertes butinant de la charogne.

— Beurk ! dis-je à mes amis alors que nous étions arrivés devant la grande grille (ouverte) en fer forgé, je vous demande bien pardon, j'ai eu comme un renvoi.

— J'ai l'impression, dit Pascal en grattant sa moumoute sergent-pépère, que toutes nos précautions ne servaient à rien…

En effet, apparemment, c'était kermesse chez les toqués. Dans le grand parc blanc, une estrade avait été dressée sous un cèdre et une foule nombreuse se pressait devant les stands, sans qu'il soit possible de distinguer les malades des toubibs mais où le cheveu long et la barbouze dominaient.

Une grande banderole proclamait : "Bienvenue à nos camarades aliénés" et une musique tonitruante faite de cymbales tibétaines, de couinements perçants de flûtes chiliennes, de barrissements de cors alpins, de cithares hongroises, de mirlitons aborigènes (se joue avec les narines), de galoubets yiddish, d'ocarinas rastas et de cornemuses pakistanaises, roulait ses échos hétéroclites dans le ciel pommelé et sidérait les canards à col vert.

Sur l'estrade, un groupe de personnages disparates s'agitait et nous étions, Dieu merci, trop loin pour distinguer de quelle indigeste tambouille il s'agissait, mais on pouvait s'imaginer qu'il s'agissait de théâtre "vivant" comme on disait encore à l'époque, à croire que jusque-là le théâtre était mort.

— Bon, décida Pascal en descendant de voiture, passablement interloqué et sans doute navré de ne pouvoir se livrer à une de ces attaques par le flanc gauche qu'il avait affinées à Saint-Cyr-Coëtquidan, alors on fait comme on a dit, sauf que c'est plus fastoche.

On délivra la chaise roulante à l'abri d'un bosquet de laurier et je m'y installai (Moune voulant l'essayer dans la descente vertigineuse menant au village mais nous ne cédâmes pas), Pascal borda mes pauvres jambes supposées paralysées d'un plaid tiré de la BMW, déposa sur mes genoux la longue boîte capitonnée qui renfermait maintenant les deux fusils et leurs munitions, comme si c'eût été une peu plausible valise.

— Dans ce climat, expliqua-t-il en montrant d'un geste désabusé l'assemblée qui s'agitait sur les pelouses, rien n'est invraisemblable…

Comme pour lui donner raison, et alors que nous descendions l'allée centrale où l'on avait répandu du sable (fous mais pas cons), un individu complètement à poil, chaussé de bottes en caoutchouc, surgit devant nous, sa misérable zézette bleuie par le froid, et nous déclara sans barguigner qu'il barzouquait muchement par cette globine de princeps et qu'il viouchtait immédiatement, sur quoi il joignit le geste à la parole et vioucha la tête la première dans un fourré de zarbiches qui se révélèrent être des ronces.

Moune poussait la chaise roulante avec sérieux tandis qu'à mes côtés, Pascal avait pris l'air affligé du sournois qui s'est bien débrouillé pour faire interner son vieil oncle à héritage, attitude qui ressemble furieusement à celle de l'adorable famille qui revient d'un refuge de la SPA à la veille des vacances en se répétant que Bobby sera très bien et que les cages sont très propres.

Nous approchions de l'estrade où l'on exécutait, c'est le mot, un simulacre de guillotine et en trouvant cela très bien puisque l'action se passait sous la Terreur où un groupe de religieuses sado-masochistes, après avoir fouetté des nobles décadents, psalmodiait des incantations fustigeant (elles aussi) Franco qui n'en pouvait mais, Trotski (pas davantage), Charlemagne (?) et un certain Jean Pommachot qui devait être un infirmier psy pas assez coule.

— Ecoute la rumeur, Jean Pommachot, chanta en solo une nonnette sacrilège en cornette et jarretière, écoute les temps qui vient *(sic)* et le sable de l'histoire qui coule dans le vase où a débordé l'aiguille du tas de foin (pas facile à chanter, ça, j'avais envie d'applaudir la performance mais je me retins à temps, pensant que ça pouvait être frustrant), écoute ô morveux Jean Pommachot les rictus du peuple en larmes et les refrains muets du grand capitaliste Père Ubu, écoute les cris divins et enroués de nos sororités meurtries (chœur divin et enroué du troupeau des peu ragoûtantes sœurs) et vois…

Nous n'en entendîmes pas davantage car nous nous étions remis en route mais je songeai que le nommé Jean Pommachot en avait pris pour son grade et qu'il y regarderait désormais à deux fois avant de refuser un petit joint à un pensionnaire.

Dans les stands, on vendait, pour des roupies de chansonnier, un bazar ahurissant qui allait de la barbe à papa psychanalytique au buste en morceaux de l'illusionniste de Vienne. Une voyante prédisait le passé à un hindou allongé sur un divan, on jouait aux symboles sexuels sur le mode de pigeon-vole et, pour un franc*, on pouvait faire un jeu de massacre avec des pavés dans la gueule de vrais masos, une partie de fléchettes sur des poupées gonflables ayant une carotte dans chaque orifice, on pouvait pêcher à la ligne des petits rêves récurrents, dire que les dépôts de peau sur le café au lait vous donnaient des frissons à un faux nain contrefait qui était un vrai docteur, participer à une séance de chaises musicales à ceci près que les chaises étaient remplacées par des pals, bref se défouler, remettre en question, outrager la religion, prendre du "H" inspiré, se curer le nez, cuver son vain, s'astiquer le callibristi

* 0,15 euro.

ou promener avec soi la répugnante clé des songes et du moi-je remboursé par la Sécurité sociale.

On ne le dira jamais assez aux jeunes générations : ces années-là étaient épastrouillantes, voire formatrices et je ne regrettais pas d'y participer ce jour-là sous leur forme la plus ludique.

— Tu vois ton toubib quelque part ? questionna Pascal.

Nous avions contourné le cèdre et arrivions devant la pancarte apposée devant la porte (ouverte) d'un des pavillons de chasse et qui annonçait :

"Accueil des Amis et Camarades Aliénés" (ACA).

— Non, dis-je, des barbes et des cheveux longs, c'est pas ce qui manque, mais rien de rouquin à l'horizon.

Nous entrâmes dans le bureau d'accueil des Amis et Camarades Aliénés où une camarade infirmière détricotait une camisole de force obsolète, avantageusement remplacée par les comprimés de Valium qu'elle croquait comme des bonbons.

— Voilà, dit Pascal amène en me désignant, j'amène mon vieil oncle qui ne va pas mieux.

— Qu'est-ce qu'il a ton débris ? s'enquit le cerbère mou avec indifférence.

— Bin, tu vois, je veux dire, c'est au niveau de la tête, quoi, faut dire, je veux dire, qu'il a fait l'Indo et voilà-t-il pas maintenant qu'au niveau de la politique, il a voté Giscard d'Estaing.

— Wwwouaaah ! s'effraya la camarade détricoteuse devant la description grotesque de Pascal, mais il est dangereux alors, le croulant !

— En plus, confia Moune d'un air acide, le vieux dégoûtant préfère les femmes aux petits garçons.

— Pervers polymorphe, diagnostiqua la mégère, on va te vous soigner ça en moins de deux. Balancez-moi ça dans une chambre libre et filez-lui ces somnifères (elle tendit une poignée de cachets multicolores et Moune les empocha machinalement), on verra après la Fête à te lui envoyer une séance de groupe dans les naseaux que s'il se décoince pas, je veux bien m'appeler Jeanne-Mireille d'Arc.

Aucun risque de ce côté-là, songeai-je par-devers moi en évoquant le visage radieux de la Sainte Pucelle et les divines gambettes de la Grande Sauterelle.

— Mais, je veux dire, continua Pascal un brin suffoqué, et au niveau des formalités d'entrée ?

— Ah non, dit l'agitée du bocal ACA, nous on fait pas ça tu vois, ça peut traumatiser. On entre comme on veut, on sort quand on veut, tu piges, on est libres, libres, LIBRES !

Elle battit des bras, prit son envol par la fenêtre dans un fracas de vitres brisées et on la vit amorcer une chandelle à la hauteur de la cime d'un sapin bleu de cobalt pour disparaître dans les nuées comme une cigogne éméchée. Du moins fut-ce l'impression qu'elle donna, bien en phase avec cette nef des fous illustrée par un Jérôme Bosch qui aurait fait ses classes à Woodstock.

Dehors, le tumulte discordant poursuivait ses ravages auditifs et, dans certains creux du carnage musical, on discernait le chœur des nonnes qui s'étaient travesties en langoustes rouges par solidarité avec le tiers-monde, quoi que cela puisse bien vouloir signifier.

— Qu'est-ce qu'on fait ? interrogeai-je avec angoisse. Je vous en prie, ne me laissez pas ici tout seul !

— On visite, décida Pascal, de la cave au grenier et du sol au plafond.

— Je peux sortir de la chaise ? pleurnichai-je. J'ai les jambes ankylosées par la valise aux fusils.

— Pas question, dit Pascal, il ne faut pas attirer les soupçons. Moune et moi, on entrera dans les pièces et tu resteras à la porte ou au pied des escaliers pour faire le guet. Tu sais siffler ?

— Comme un pinson, dis-je.

Et la cigogne ivre en blouse blanche revint se poser derrière son bureau, manipulant un tas de fiches cartonnées.

— Vous êtes encore là, constata-t-elle puis, tendant une fiche à Pascal : tiens, toi t'as pas l'air trop névrosé, inscris là-dessus les symptômes existentiels de ton tonton, sa parano, quoi, tu vois…

— Heu… fis-je d'une voix chevrotante, le docteur Lemoine est-il là ? Parce que c'est lui qui me suit.

— Excellent, apprécia-t-elle, alors t'es schizo, pépé ? Je sens qu'on va bien s'entendre, je l'étais moi aussi avant d'être traitée au psychodrame et à la narco-analyse et alors je vais te dire, quand j'ai constaté que la prise de conscience de l'événement ou de la situation traumatisant avec abréaction émotive dans l'aperception de la relation entre mon comportement morbide et mes motivations psychologiques ne résistait pas à la narco-synthèse, j'ai pris un pied bleu…

— Le docteur Sigismond Lemoine, insista Pascal, il est là ou pas ?

— Ah dis donc, admira la cigogne, t'es une structure du toi, toi ! Ben non, il est pas là, il a fait un transfert, je veux dire des courses en ville mais il va avoir, tu vois, une tendance profonde à rappliquer sa libido incessamment ou cette aprème.

— On sort, dis-je, je ne veux pas en entendre davantage sinon je fais un complexe…

*

Une petite heure après, Pascal et Moune avaient fini de visiter les chambres et les bureaux de l'hôpital. A part quelques éclopés, quelques chagrins et une dizaine de raide défoncés, ils n'avaient rien trouvé qui ressemble au cadavre d'un homosexuel tué, c'est bien naturel, dans le dos, d'un coup de canne-épée.

Je faisais le guet en bas, écartant des sonnés ou des toubibs (vraiment pas moyen de les différencier…) qui voulaient m'entraîner dans des rondes puériles ou jouer avec ma si fantastique valise en travers de mes genoux.

— J'en ai ma claque, dit Pascal, ça pue des pieds et de la tête, là-dedans…

— Et moi, annonça fièrement Moune, j'ai failli être violée trois fois !

Elle semblait regretter de ne pas l'avoir été. La libération des nurses est un rude travail sur soie.

— Regardez ! dis-je.

A la grande grille de fer forgé, la jeep Pajero caramel avec toutes ses antennes de cibi, de radiotéléphone et même de radio tout court, venait d'apparaître et pénétrait lentement dans le parc.

Elle fendit avec majesté la foule des maboules qui la tapotaient avec affection, fit le tour du cèdre de l'estrade où le chœur des langoustes avait fait place à une psychothérapie de groupe particulièrement tsoin-tsoin et s'arrêta devant la niche à chien où l'infortuné infirmier Jean Pommachot s'était terré afin d'échapper aux harpies à velléités castrantes et castristes. Reconnaissant, Jean Pommachot (un hercule en canadienne bleue avec des mains d'étrangleur et un sourire niais) sortit à quatre pattes en jappant, prêt, semblait-il, à apporter dans sa gueule de brute les pantoufles du maître qui revenait à la maison.

Le docteur Sigismond Lemoine sortit avec majesté de son Pajero Mitsubishi. C'était un maigre gaillard au visage de satrape enveloppé dans une barbe rouge mal entretenue et encadré de cheveux longs, sauf sur le dessus du crâne qui était chauve comme un galet. L'impression dominante qui se dégageait de lui était comme une auréole de malaise, une autorité viciée fondée sur un verbe dénaturé et corrompu, une persuasion quasi hypnotique et foncièrement malveillante qui produisait à jet continu de la cacologie, de la suffisance et de l'agressivité.

J'exagère peut-être un peu, il devait bien aimer sa maman.

Le toubib pénétra dans le bureau d'accueil des Amis et Camarades Aliénés, suivi par son chien de garde familier engoncé dans sa canadienne et la langue pendante : indiscutablement, ce Jean Pommachot était instrumenté par de gros canins.

— Mince de truc, souffla Pascal, tu ne vois pas qu'il serait passé voir Gisèle… Il aurait eu vite fait de lui tirer les vers du nez !

— Hé, fit Moune fureteuse et jamais épuisée, il reste ça à visiter.

Elle montrait de son doigt à l'ongle en deuil une ravissante petite chapelle romane, au fond du parc, près du mince cours d'eau gelé et je me souvins d'avoir suggéré, au Bon Laboureur et sous l'œil chassieux du double de Boudu, que le corps de Jean-Loup Muller avait peut-être été planqué dans la morgue (pleine ?) de l'hôpital.

J'acquiesçai et, me poussant bravement dans ma belle chaise roulante et non remboursable, Moune se dirigea vers la chapelle, tandis que Pascal, inquiet, surveillait nos arrières.

Il poussa la porte grinçante cloutée de croix de bronze et nous entrâmes dans un silence reposant, une lumière douce tamisée par des vitraux versicolores du XIIe siècle.

Bien entendu, la chapelle avait été transformée en temple bouddhiste mais Dieu est partout et Il a autre chose à faire que de s'occuper de la concurrence. Puis ce qui nous intéressait surtout, c'était le cercueil plombé posé devant ce qui avait été autrefois le maître-autel et qui soutenait maintenant des moulins à prières et une statue poulpeuse de Vishnou.

— On a vu juste, dit Pascal tout content.

Le cercueil n'était pas clos définitivement et il en fit glisser le couvercle, dans un raclement irritant qui sembla offenser les saints nichés dans les vitraux et fit s'envoler un pigeon que saint Joseph en pétard regarda d'un sale œil jalmince.

Le lourd couvercle tomba dans un fracas épouvantable qui résonna à tous les dieux. Je me levai de ma chaise roulante, les jambes lourdes, et me penchai sur l'impressionnant mystère de la mort.

Et en effet, dans le cercueil, il y avait un macchabée sorti d'un amphithéâtre.

Le cadavre d'une vieille femme décharnée.

5

Contrairement à toute attente, la tribu wallisienne qui s'intercalait entre les deux propriétés, entassée dans un cabanon propre mais guère apparié aux gabarits de ces massifs polynésiens, n'était pas en train de vider un cochon mais des topettes de Number One, la bière locale presque aussi goûteuse qu'un pipi de colibri.

Les solides matrones en robes traditionnelles polynésiennes fabriquaient des *tapas*, ces jolis tissus à base d'écorce frappée inlassablement avec des battoirs, d'où leur nom et des tas de marmailles couraient alentour, l'un des garçons transformé coutumièrement en fille, un "réré" qui finirait un jour ou l'autre dans un bar à *kava** à se prostituer ou à tapiner place des Cocotiers en travelo.

Louis-Ferdinand ("Mes copains m'appellent Ferdine, m'avait-il dit, ce qui fait marrer tous mes profs de français, va-t-en comprendre, là", le tout avec cet

* Boisson consommée dans tout le Pacifique, à base de rhizomes de faux-poivrier écrasés en mouillant, légèrement anesthésiante et euphorisante.

accent caldoche qui vient d'on ne sait plus trop où mais de partout en tout cas), sauta un fil symbolique avec l'aisance d'un dingo franchissant la Grande Barrière dans le Queensland australien, salua vaguement la tribu qui parut honorée de voir passer un zoreille encore trempé et froissé qui salua civilement son panama humide au passage, puis ouvrit une petite porte dans un barbelé qui protégeait la maison Ladronne des voleurs coutumiers voisins.

Roméo n'était pas encore arrivé, sur un chantier, précisa une Josette hilare en voyant ma mise et qui buvait un thé avec Moune qui s'était sustentée avec des *sao* australiens trempés. Comme j'avais faim, j'acceptai la mixture dont je fis une panade comme dans mon enfance et entrepris d'expliquer à mon assistante (et future associée) comment mon filleul m'avait précipité dans le grand bain de l'hôtel du Vallon-Dore.

— Joli coup, dit-elle à son "cousin" des îles en l'embrassant affectueusement. J'aurais essayé que j'aurais pas réussi, pourtant pour ce qui est du lance-piges, j'étais pas mauvaise non plus quand j'étais môme.

Josette était écroulée de rire en tirant sur sa menthol au bout d'un élégant fume-cigarette : cette gentille Gargamelle d'ébène que son ample robe mission décorée d'hibiscus avait du mal à contenir, possédait un rire si énorme et si communicatif qu'on fut bientôt tous les quatre pliés en huit comme des rougets de nuit, tu connais le fin coup de poilade rien qu'à imaginer la tête du dépanneur pour sortir la caisse de la piscaille !

— Roméo arrive, dit-elle enfin dans un dernier accès d'hilarité qui dut s'entendre au moins jusqu'au col de Mouirange.

Et effectivement, bien avant que nous l'ayons entendu, un pick-up Toyota s'annonça d'un coup de claquesonne et le mince Roméo descendit en tenue d'artisan toutes mains, se hâtant de quitter ses grosses chaussures de chantier contre les totémiques claquettes. Lui aussi goûta fort l'intermède de la bagnole partie baigner puis on passa aux choses sérieuses, à savoir déboucher une bouteille carrée*, en jeter le bouchon au loin pour montrer qu'il fallait pas la laisser s'évaporer et le ouisquie servir à l'eau, coke** ou glace, toute autre combinaison étant considérée comme une afféterie de gonzesse.

— C'est pas le tout les choux, dit Roméo, c'est bon si on fait un plan d'attaque : on est d'accord que Machin n'est pas mort accidentellement et que s'il est mort accidentellement, c'est pas lui ?

— On ne saurait mieux résumer la situation, dis-je. Quand l'exhumation aura eu lieu, on sera certain, mais tous les indices prouvent que ce n'est pas lui qu'on a enterré à Païta.

— Et pourquoi mam' l'a identifié ? interrogea Ferdine. C'est vrai que moi, ce short et ces claquettes, je les lui connaissais pas plus qu'une couille.

* Johnny Walker.

** Coca-Cola.

— Parle pas mauvais comme ça, le reprit Josette avant d'ajouter : il y a quelqu'un qui voudrait vous voir, Pascal (je la priai immédiatement de ne pas parler mauvais non plus et de me tutoyer). C'est un savant, je fais des ménages à lui et il connaissait bien Machin. Y crèche pas loin, Roméo peut vous… t'emmener toi et ta gamine. Y vous ramènera à Nouméa après, à moins que vous vouliez coucher ici.

— On rentrera, dis-je, il y a des choses que je voudrais vérifier dans le manuscrit du gros.

— En tout cas, dit Moune avec une gravité inhabituelle chez elle, merci Josette… Pour tout.

M'est avis que ces deux-là avaient jaboté comme des pies-grièches pendant que je passais la voiture au grand plongeoir et que j'ai eu le temps de me sécher chez Océane.

— Ferdine, dis-je en soupirant d'avoir à mêler le bon docteur Destouches à cette affaire si peu célinienne, tu vas rester chez toi à attendre ta mère et tu me bigues sur mon portable sitôt qu'elle est revenue ou qu'elle t'a appelé.

— Ça baigne, dit-il, sans paraître se rendre compte de l'ironie du terme (je m'étais assuré que le mobile n'avait pas pris l'eau en appelant le Kuendu où personne ne s'était manifesté) et avant de me claquer un bisou d'homme et un autre plus appuyé à sa "cousine".

On embarqua dans la Toyota pendant que le grand ado et la sculpturale Mélanésienne nous faisaient de grands *tatas* d'amitiés et on redescendit sur la promenade du Vallon-Dore, passant ensuite devant le magasin chinois de Ta&Ti, véritable commerce de brousse où on trouvait de tout, du cent de clous aux bouteilles à gaz en passant par les *arrow-roots** et les pistaches papoues. Roméo qui était moins bavard que sa digne épouse finit par me dire que le monsieur en question qu'on allait voir habitait sur la plage, après le magasin Jean Richard (rien à voir avec le comédien qui incarnait Maigret), une plage qui faisait bien son kilomètre.

Par un chemin d'accès à ladite plage, on arriva au lieu et trois coups de trompe ne firent sortir personne de la villa appartenant à ce Max Cavalier comme Roméo m'avait annoncé que se blazait le zigue. On descendit donc sur la plage qui était déserte d'un côté comme de l'autre, la marée étant plus basse que mon moral, sans apercevoir personne en train de ramasser des grisettes ou jeter l'épervier pour attraper de petits communards** en vue de friture.

— Là, dit Roméo qui avait des yeux de balbuzard. Y marche dans l'eau.

Et effectivement, à plus de cinq cents mètres au bout du platier presque découvert, là où l'eau atteignait le mètre quarante, un homme à cheveux blancs, immergé jusqu'à sa poitrine nue, marchait majestueusement, fendant l'onde tel un triton neptunien et son énergie était telle qu'on imaginait sans peine qu'il aurait pu aussi marcher SUR l'eau.

* Biscuit australien parfumé à cette plante.

** Poissons appelés ainsi parce que les déportés de la Commune en étaient friands.

Quand il eut identifié Roméo qui le hélait, il nous fit signe de le rejoindre et je me débarrassai de mon ensemble djine, de mes mocassins tout en gardant mon panama, le soleil étant encore ardent bien que l'après-midi fût bien avancée. Moune se désapa également et Roméo ne put étouffer un sifflement devant les formes de la pétrelle. Lui ne se sentait pas d'aller trottiner dans la baille et resta dans son pick-up à écouter de la country qui portait le deuil de Johnny Cash et de Slim Dusty*.

Au terme de dix minutes de marche et alors que nous étions aussi dans le bain presque jusqu'au cou, Max Cavalier n'avait pas arrêté sa marche et c'est en cheminant péniblement à ses côtés que je nous présentai et que nous nous joignîmes à sa marche sportive qui, à quatre-vingts ans tassés, lui avait conservé des abdominaux de jeune homme.

— Je suis un abruti local, dit-il ou du moins crus-je entendre, parce qu'il précisa qu'il faisait des recherches généalogiques en tout genre, qu'il avait écrit quantité d'ouvrages historiques sur la Nouvelle-Calédonie, ce dont j'induisis qu'il était un érudit local ou alors qu'il s'était fichu de moi.

Car le bougre, outre sa forme épatante et un visage d'oiseau de proie préservé des outrages du temps, était un imperturbable pince-sans-rire et nous assena tout ce qu'il souhaitait nous dire sans s'arrêter une seule seconde d'arpenter l'océan immergé jusqu'aux seins, enchaînant les carrés de cent mètres

* Légendaire chanteur australien.

de côté les uns après les autres, moi vite essoufflé quand Moune suivait le mouvement.

— J'ai à la demande de votre ami effectué des recherches généalogiques dans les archives du bagne qui sont disponibles ici, commença-t-il. Sur un nommé André Lobeau qui était arrivé sur le transporteur *La Sybille* dès les débuts de la colonisation pénitentiaire, en 1866. Je lui ai remis un petit rapport édifiant sur le personnage et sur sa descendance supposée et j'en ai un double que je vous remettrai quand j'aurai fini ma marche dans une petite demi-heure. Allez donc m'attendre sur la plage, vous avez l'air à bout de souffle mon cher maître, pourtant, un ténor du barreau, ça doit avoir du coffre.

— Je ne suis qu'un baryton, cher monsieur et je vais en effet regagner le rivage.

— Je continue avec monsieur Cavalier, dit Moune, ça ne peut que me faire du bien aux cuisses.

— Que vous avez déjà ravissantes, mademoiselle, dit galamment le vert vieux monsieur en coulant vers lesdites un regard des plus émoustillés. Et votre jolie poitrine aussi ne s'en portera que mieux...

Il allait falloir que je surveille ces deux têtards piétons sitôt que revenus sur le sable. M'est avis qu'ils devaient sortir du même aquarium, comme Grisbi et Rififi, les deux carassins dorés du pauvre Machin d'il y a vingt ans.

*

Roméo y Josette nous avaient déposés à l'entrée du Kuendu Beach, ne voulant même pas entrer boire un verre (il faut dire que le bouchon de la bouteille carrée avait été jeté si loin qu'on avait été obligé de la finir après avoir quitté monsieur Max Cavalier qui m'avait remis trente pages manuscrites) ni même manger un morceau, ce que nous fîmes dans la magnifique salle du restaurant Le Grand Chêne où un kaori centenaire soutenait une grande charpente traditionnelle de case avec sa flèche faîtière.

Crabes, crevettes, ignames et tarots arrosés au lait de coco et pour terminer un délicieux sorbet à la mangue sabot mélangée aux litchis qui étaient en pleine récolte, c'est le cœur un peu lourd (Océane n'avait pas réapparu comme je m'en étais inquiété auprès de Louis-Ferdinand Djerbitskine mais, disait-il, elle avait l'habitude de découcher. Je lui avais laissé l'équivalent de deux cents euros pour qu'il retourne au lycée Do Kamo où il allait essayer de franchir son bac) mais l'estomac plein que nous regagnâmes notre bungalow afin de contempler les poissons sous le fond de verre, attirés par les lumières.

— Lobeau, ça te dit quelque chose ? interrogea Moune en feuilletant rapidement le texte établi par son Cavalier de vieux marcheur marin.

— Peau de balle, dis-je. Je lirai ça demain : deux bains forcés dans la journée, même si le deuxième n'était qu'à mi-corps, ça me suffit, je ne vais pas plonger dans la littérature héraldique des fagzirs*. Et je ne vois même pas le rapport avec Machin !

— Bien, dit-elle, petit Papascal va faire son gros dodo après son petit rototo. Je vais jeter un œil. On aura une autre voiture, demain ?

— Morini nous prête une jeep Suzuki en attendant que le loueur nous en bichonne une autre. Heureusement que j'ai réglé avec une carte Premier, l'assurance raquera les dégâts…

— Ce Ferdine, tout de même, dit-elle légèrement admirative, quel numéro.

— Oui, dis-je content, je ne savais même pas pourquoi, mais je préférerais qu'il fasse numéro 1 au collège plutôt que dans le tir de fronde !

— Les chiens ne font pas des chats, dit-elle hors de propos…

… Mais j'avais déjà sombré dans des abysses liquoreux où baignaient des poissons à dents de scie et où des vieux messieurs auréolés marchaient sur la crête des vagues. Si la bouteille était carrée, moi j'étais rond.

* Fagots en argot : surnoms des bagnards il y a… deux siècles

6

Au réveil, on se sentait de moins en moins proche de Noël tant la nature alentour de l'île Nou était exubérante et la température déjà chaude. De l'autre côté, sur une petite bosse, passaient des chevaux qui servaient les ouiquendes de promène-couillons à travers les mimosas, donnant comme une impression réduite de bush australien ou de brousse à savane calédonienne.

De l'autre côté, sur la plate-forme où nous prenions un roboratif petit déjeuner des antipodes, avec fromage Kraft et confiture, la marée étale avait calmé ses petits moutonnements et la baie semblait un gigantesque miroir bleuté poli d'acier où quelques rides provenaient de poissons en chasse, survolés par des mouettes criardes comme des mégères canaques. Plus loin encore, la barrière du récif laissait voir ses inlassables sauts de l'ange, blancs sur le corail, vert bouteille au-dedans, grand bleu sur le dehors.

Cette île était bien, comme le disent les Japonais nombreux à venir profiter de ce petit bout de France dans le Pacifique, "l'île la plus proche du paradis". Mais je savais hélas, et la disparition de Machin accréditait cette impression, qu'elle pouvait être aussi un impitoyable purgatoire, d'ennuis, de non-dits, de trous existentiels.

— Secoue-toi, cher maître, grouma Moune, pique au moins une tête, volontaire cette fois, dans l'onde amère : tu le seras moins…

— C'est malin, dis-je, on dirait une astuce à la Machin.

Néanmoins, j'obéis à sa suggestion et ce fut un pur délice : l'eau était délicieusement tempérée, comme si un grand plombier céleste manipulait le mélangeur de chaleur, rien ne bougeait que mon corps régénéré par la bonté de l'air tiède à la surface et encore frais à faible profondeur. A son ordinaire, la belle môme piqua une tête, entièrement nue et je fermai les yeux pour ne pas voir l'adorable et scandaleux spectacle de cette naïade aux cheveux dénoués qui nageait une brasse indienne impeccable puis plongeait pour vivre avec ses sœurs les sirènes.

Je remontai pour me retrouver nez à nez avec le commissaire Gilles K., mieux connu dans les embrouilles secrètes sous le pseudo du Gecko qui tenait, malgré l'heure matinale (en fait, il était dix heures et ici, les journées commencent à sept heures du matin, avec le soleil), une chope de bière par son anse d'une main, tandis qu'il en avait déposé deux autres parmi les reliefs de notre déjeuner.

— Ça vous dit ? fit-il en jetant un regard sur le lagon où la nudité de Moune était visible comme un joli bouton sur un rosier et je me demandai de quoi il parlait : du houblon ou de l'adorable garçonne ?

— Un peu trop tôt pour moi, grognai-je. Qu'est-ce qui vous amène ?

— Vous avez eu un accident, hier, dit-il en souriant de toutes ses dents de lézard qui ne me firent pas oublier qu'après tout, un gecko tout sympathique qu'il soit n'est jamais qu'un minuscule saurien. Rien de grave ?

— Une confusion, fis-je gravement en m'essuyant et en tentant de dissimuler mon assistante préférée qui grimpait l'escalier, pas gênée pour une prune de se montrer à loilpé à deux messieurs dont l'un était poulet et l'autre son père adoptif.

Elle tendit sa main au lardu qui la prit en la fixant dans les yeux et j'eus l'impression de voir passer entre ces deux regards un courant qui n'était ni alternatif ni intermittent. J'en ressentis comme une nauséeuse jalousie.

— Bonjour Gilles, dit-elle en se drapant dans un paréo décoré de fleurs de bougainvillées. Quel bon vent ?

— Bière, renseignements généreux et fantaisie. Aux Jeux où je suis détaché, on ne travaille que le soir, j'ai mes journées. Si vous aviez besoin d'une voiture et d'un guide…

— Oui, dis-je, mais pas d'un suiveur. Vous n'avez pas assez d'effectif pour mener des filatures ?…

— Ne le prenez pas comme ça, maître, dit-il toujours souriant. Il y a des gens qui ne sont pas contents de vous voir ici, à commencer par le juge qui glapit partout que vous êtes venus semer la mouscaille et que l'affaire pour lui était classée. Puis la

Maison Bleue qui se demande si par hasard vous ne seriez pas entré en possession de certains papiers… euh… sensibles (je levai un sourcil) ou certains enregistrements… gênants ? (un deuxième sourcil).

Si j'en avais disposé de trois, j'aurais aussi levé celui-là quand il déposa sur la table une petite enveloppe kraft qui contenait manifestement une cassette audio et qu'il partit avec un petit signe gentil à la cantonade. C'était décidément l'époque des cadeaux pour faire la coutume et si je n'avais encore rien donné en don contre don, j'avais déjà reçu : un, le tapuscrit Machin, deux, le rapport Cavalier que je n'avais pas encore lu et enfin, trois, à la presque aube, une cassette que je ne pouvais auditionner, faute de magnéto. Puis je réfléchis que la Suzuki prêtée par notre agréable hôtelier devait en être pourvue et je me hâtai de m'habiller, comme la veille, le room service ayant repassé tout ce djine bleu pendant que Moune revêtait une exquise jupe plissée bleu marine sur un corsage blanc et des escarpins rouges, ce qui faisait le drapeau national le plus agréable qu'il soit à regarder.

Nous prîmes la voiture pour quitter Nouville et prendre la direction de Dumbéa en passant par le quartier d'Auteuil, avec l'idée de gagner les monts Koghis, là où on avait trouvé les restes attribués hâtivement à Machin. Avant l'exhumation, je voulais voir les lieux et fouiner les environs, au cas où quelque chose aurait échappé aux gendarmes un peu trop pressés et au juge qui s'en foutait complètement ou qui avait des raisons de ne pas se montrer trop fouineur.

J'enclenchai la cassette qui débutait sur un orgasme fabuleux, un de ces orages sexuels tels que l'on n'en entend que dans les films pornos ou lors des accouplements d'un lion avec une gazelle et je dus baisser le son à un feu rouge où une dame dans une voiture arrêtée à côté nous regardait d'un air halluciné. Moune restait cependant digne, son chignon plus correct que celui d'une jeune pensionnaire de la Légion d'honneur ne bougeant miette, tandis que j'essayais de prendre un air naturel.

Ce qui n'était pas facile, les rugissements de la dame durant bien ses cinq minutes, les feux rouges nombreux le long de Doniambo où le nickel se traitait en maculant de rouge le ciel bleu céruléen et la circulation encore assez peu fluide. Néanmoins nous en finîmes avec les feulements alors que nous passions Koutio et, à Dumbéa, nous eûmes enfin droit à un dialogue.

Je résume en faisant fi des tendresses cochonnes qui suivaient les interminables ébats pour en arriver au débat où la voix de Machin, bien reconnaissable parce que cassée par les cigarettes et le mauvais ouisquie, disait : *"C'était bien, très bien. On recommence."*

Moune me regarda d'un air stupéfait et je fis mine de jouer l'indifférence bien que je fusse surpris par la résistance de Machin qui ne m'avait jamais donné l'impression d'être un marathonien de la galipette. *"Si tu veux, Machin, dit une voix féminine, mais pas par derrière ce coup-ci, ça me déchire un peu."*

— Si j'accélérais un peu la bande ? suggérai-je alors que nous entamions la montée vers l'auberge du Mont-Khogi où je devrais laisser la jeep avant de gagner la forêt équatoriale et primaire aux gigantesques fougères arborescentes.

— Je n'ai plus seize ans, grinça Moune et il ne faut rien laisser passer.

C'est donc garés sur le parking de l'auberge qui offre des maisons perchées dans les arbres (l'une à quinze mètres, dans un vieux houp, donne envie de faire Moi-Tarzan et Toi-Jane), que nous écoutâmes la suite de l'enregistrement.

Il s'avéra rapidement que Machin n'était ni en cause ni en mouvement dans l'affaire et qu'il s'agissait de deux femmes se faisant saillir par deux gros puissants messieurs sous les yeux d'une dizaine de gentlemen attroupés, dont certains disaient leurs prénoms et dont les voix devaient être bien reconnaissables puisqu'il s'agissait d'hommes politiques, de journalistes de radio et de télévisions locales et de quelques autres notables qu'on devait entendre parfois au palais de justice ou donnant l'ordre de dispersion à des manifestants. Manifestement, Machin était le metteur en scène et entre deux coups de fouet (car on fustigeait aussi souvent qu'on sodomisait), on entendait sa voix rauque et passablement excitée donner des indications de mise en fesses qui étaient pour le moins gratinées.

J'arrêtai pile quand le propriétaire des lieux, intrigué par notre stationnement prolongé (et peut-être par quelques échos de la partouze) se dirigea vers nous, enfouis la cassette dans la pochette de ma chemise Levi's que je boutonnai soigneusement.

L'homme fut aimable quand nous lui montrâmes nos cartes professionnelles. Il connaissait Machin, bien sûr, mais ne l'avait jamais vu chez lui ni dans le secteur. Il embrassa d'un geste le vaste panorama qui, partant de la baie de Dumbéa scintillante azurée sous un soleil de plomb, se terminait par la ligne blanche du récif interrompu par la passe et en tournant, désigna les monts Khogis devant, les Dzoumac derrière, verts de toutes les nuances qui allaient du bronze au céladon en passant par le glauque et l'olivâtre.

— C'est immense ici, n'importe qui peut aller et venir. Il y a au moins une dizaine de touristes, surtout des femmes d'ailleurs, qui ont disparu dans le secteur et dont on n'a rien retrouvé. Les fourmis, les autres insectes, les charognards, les cochons sauvages ont vite fait de tout nettoyer. C'est un vrai coup de bol qu'on ait pu exhumer quelques restes de votre client, maître.

— Ouaip, dis-je, sûr que c'était un vrai coup de bol.

*

Munis d'une carte et d'un croquis aimablement fournis par le propriétaire des lieux, nous partîmes à pied par un sentier balisé au milieu des kaoris, houps, tamanous et autres hêtres de montagne d'où émergeaient çà et là de monstrueuses fougères arborescentes qui nous donnaient l'impression d'être des Lilliputiens se déplaçant dans une forêt géante. Le sol était tapissé d'un épais humus qui étouffait les pas et où rampaient des tas d'insectes absolument inédits dans le microcosmos tourangeau mais, Dieu merci, pas un serpent, tout juste de petits lézards prestes et, invariablement au-dessus de nos têtes, un couple de corneilles qui surveillaient notre progression.

Au bout d'un quart d'heure de marche un peu épuisante pour moi, mais que Moune parcourut comme une chèvre de montagne, nous parvînmes à un dévers qui avait été entouré d'un ruban de plastique rouge marqué "police" et qui délimitait l'endroit où le bout de short jaune, la claquette bleue et la moitié des ossements des membres inférieurs avaient été découverts. On voyait qu'on avait peu creusé pour les extirper du sol et cela me confirma dans ma certitude que ces restes avaient été déposés là peu avant leur découverte, l'endroit n'étant pas si isolé que le rapport des gendarmes le laissait entendre.

Je fouillai un peu autour, espérant trouver quelque chose se rattachant à Machin autre qu'un foie volumineux : chevalière armoriée, la fameuse canne-épée ou du moins son fourreau mais rien, nib de peau, *wanamatcha** !

En redescendant vers l'auberge où j'avais réservé une table pour le déjeuner, je demandai à Moune ce que contenait le texte "généalogique" du fringant

* Mot canaque exprimant le dépit.

Cavalier, texte qu'elle avait également laissé au coffre. Elle gratta son amorce de chignon en signe de perplexité.

— Compliqué, dit-elle, comme toutes ces affaires très anciennes, d'autant que les archives du bagne sont passées du ministère de la Marine au ministère des Colonies puis ont abouti au ministère de la Justice. Ce qui fait bien des déménagements, a occasionné des pertes ou des vols de chercheurs mais en bref, tiens-toi bien, Machin serait d'origine bagnarde et son ancêtre serait venu ici en Nouvelle-Calédonie !

— QUOI ! m'exclamai-je, et c'est seulement maintenant que tu me le dis ? Mais c'est énorme… Et comment se fait-ce ? Il est d'origine slave…

— Ce que prétendait aussi son arrière-arrière-grand-père quand il a débarqué ici en 1866, condamné à la perpétuité pour fausse monnaie sous le nom d'André Lobeau, disant être en réalité Andrei Djerbitskine et ayant comme sobriquet "Le Frère incognito*". Une fois libéré, il aurait fait une belle fortune dans les mines de nickel et de chrome, pas toujours honnêtement puisqu'il était accusé de souvent "saler" ses possessions (devant mon incompréhension, elle m'expliqua qu'il suffisait d'introduire des échantillons de minerai dans une cartouche de fusil et, en tirant dans le sol, de pouvoir laisser croire à des géologues débutants que le terrain était riche de possibilités minières).

* Les lecteurs qui seraient curieux de connaître mieux ce personnage sont invités à se reporter au roman *Le Grand Sud.*

— Ensuite, dis-je abasourdi, que se passe-t-il ? Selon Machin, son grand-père avait été chassé de Russie en 1917 après avoir servi dans les Armées blanches…

— Ça lui aurait été difficile : le fils d'Andrei-André Lobeau qui avait succédé à son père dans l'exploitation minière mais tout perdu aux cartes, s'est engagé en 1916 pour aller se battre sur le front dans la Somme, s'est retrouvé aux Dardanelles dans la Légion étrangère où il a acquis officiellement le nom de Djerbitskine. A partir de là, il reste en France, paraît honnête, a un fils (le père de Machin) qui lui aussi s'engage dans la Légion quand Serguie n'a que huit ans, disparaît à Diên Biên Phû, Machin va aux enfants de troupe d'Autun puis d'Aix-en-Provence et devient le brillant journaliste que nous slavons, pardon, que nous savons.

Je comprenais mieux maintenant les curieuses réticences de Machin-Djerbitskine à situer exactement les origines de sa prétendue noble ascendance et les trous dans la biographie de son grand-père. Etait-ce donc par hasard s'il était revenu dans ce bout du monde où son trisaïeul avait sévi dans la chiourme et quelle force occulte l'avait poussé à rechercher ces preuves familiales qu'il s'était toujours ingénié à cacher ?

Compliqué Machin qui dissimulait son goût pour les travestis quand il se prétendait farouche orthodoxe au point de se signer à l'envers pour ce qui est de la religion et de professer un amour immodéré des dames, organisait des séances orgiaques quand il n'était qu'odes pour la famille et la patrie, était membre de la franc-maçonnerie quand il daubait les saucissonneurs du vendredi saint en tablier en peau de cochon sous la dent duquel il avait peut-être fini !

Qui était-il ? Celui qui se disait mon ami mais qui m'avait embringué dans sa sinistre affaire avec Jean-Loup Muller, son ex-femme et ce médecin présenté comme un furieux pervers mental assassin ? Celui qui exaltait les vertus professionnelles de son "sacerdoce" journalistique mais balançait tout à un "officier traitant" qui le manipulait en la personne du commissaire Carteret ? Celui qui avait disparu ou celui qui n'était peut-être pas mort ?

— Donc, apparemment, repris-je, il avait découvert – ou il lui avait été confirmé – que sa famille n'était pas de la noblesse russe ou hongroise ou magyare ou je ne sais trop de quelle Valachie, mais d'origine pénitentiaire…

— Oui, souffla-t-elle alors que nous arrivions à l'auberge, avec tout ce que cela suppose comme "mœurs infâmes", ainsi qu'il est transcrit dans le rapport de Max Cavalier. Le bagne n'était pas trop l'école de l'hétérosexualité…

— Bien, dis-je, ça se complique…

— C'est clair, répondit-elle et, du coup, je la privai de dessert.

*

En redescendant sur Nouméa, il me sembla qu'à l'embranchement de Dumbéa, nous étions suivis par une Nissan noire aux verres teintés mais la parano n'étant pas une vertu d'ancien parachutiste, je n'y prêtai qu'une médiocre attention. Puis après tout, nous ne faisions rien d'illicite dans la petite jeep Suzuki que j'avais décapotée afin que nous puissions profiter du panorama sublime du grand lagon et que Moune puisse s'emplir les yeux à loisir. Mon panama bien enfoncé, l'estomac lesté d'un rôti de cerfff saignant (j'avais évité le plat de rôti de porc eu égard aux lieux) ayant succédé à un plat d'huîtres pintadines farcies venant de la rivière Dumbéa, je me sentais béat encore que furieusement intrigué par la situation.

Que faire maintenant, sinon essayer de retrouver Machin dont j'étais bien sûr maintenant qu'il n'était pas mort ou, en tout cas, que ce n'était pas lui qui gisait actuellement dans le petit cimetière voisin de Païta et le plus simple, si j'ose dire, semblait être de retrouver Océane qui en savait plus qu'elle ne le disait (elle ne faisait pas partie des deux dames qui se faisaient enfiler par tous les orifices dans la cassette).

Laquelle d'ailleurs recelait encore une surprise puisque au moment où, ayant froissé l'enveloppe, je m'apprêtais à la jeter sur le parking de l'auberge, j'y avais senti un bristol pourtant le nom entier du Gecko avec cette mention non signée : *"C'est seulement le son. Les images existent. Bonne chance."*

— Ton ami est décidément plein de prévenances, persiflai-je à l'adresse de ma fille qui rosit légèrement. Lui sait peut-être où on peut retrouver Océane. Si je te laissais au casino ce soir où il officie officiellement, peut-être pourrais-tu lui tirer les vers du nez ?

— Et toi, pendant ce temps-là ? demanda-t-elle sans dire non à ma suggestion.

— Vais retrouver Paulo, lui aussi en sait plus qu'il veut bien le dire…

— D'accord, dit-elle, mais on rentre à l'hôtel pour se changer.

— Œuf corse, souris-je, faut être sophistiqué pour jouer les galanteries exemplaires.

Elle ne parut pas saisir la référence littéraire mais ça n'avait aucune importance : c'était un bon et joli petit poney obéissant. Et de surcroît, la mission que je lui avais assignée n'avait pas l'air de lui déplaire. Pas plus que le commissaire Gilles K. ne la rebutait visiblement. Les geckos sont bons pour attraper même les plus fines mouches…

CHAPITRE XI

Personnellement, je déteste ces espèces d'effets mélodramatiques et quand j'en découvre au détour de quelque inepte roman policier (des noms ! des noms !), je jette le livre et parfois je le foule aux pieds en lançant des jurons bien sentis mais ne mettant pas en cause le nom du Seigneur.

C'est dire que le coup de la malle des Indes avec cadavre inattendu dans une crypte sombre, couvercle de cercueil qui grince comme dans les déboires d'outre-tombe, me tapait singulièrement sur les nerfs.

Par parenthèse, saint Lazare avait également l'air hagard dans son vitrail tandis que Moune tirait au cœur et que Pascal arborait un teint qui ressemblait à mon maquillage et assez proche de la physionomie générale de la brave dame qui reposait en paix avant notre intrusion dans la chapelle romane.

— Mais qui c'est, celle-là, interrogea Pascal Delcroix en se bouchant les narines qu'il avait pourtant emplies de coton, elle n'était pas prévue au programme ?

— Comme disait Arsène, un vieux fossoyeur que j'ai interviewé autrefois dans le Berry, soufflai-je, les morts, ça va, ça vient, de haut en bas mais jamais de long en large…

— Machin, dit Moune, un mouchoir sur la bouche, tu crois pas que ton pédé mort s'est travesti ?

— Je préférerais que cette enfant sorte, dis-je fermement. D'une parce que ce n'est pas un spectacle pour elle (la Vierge Marie approuva) et de deux parce que je suis suffisamment énervé comme ça.

Pascal appuya ma requête et, boudeuse, le choléra à nattes alla se poster à la porte de l'église pendant que nous nous retirions dans le croisillon du transept afin de fuir l'horrible odeur.

— Il y a peut-être un double fond, suggéra Pascal sans grande conviction mais en allumant une Gauloise longue avec volupté.

— Ben voyons, ricanai-je, Sigismond nous ayant déjà amplement démontré qu'il était un fieffé farceur, tu vas voir qu'un lapin rosé va sortir du tombeau, qu'une pluie de confettis va nous tomber dessus et que les croque-morts sortiront tous du grand bal des Quat'zarts.

Dans son vitrail saint Etienne en vert passa la balle à saint Médard à qui cela plut. La mosaïque étincelait de ses paillettes comme un filet de sirop de menthe en contact avec l'eau, sous les rayons blonds du soleil, transmués en kaléidoscopes mixtes. Les échos assourdis de la fête des fous nous parvenaient comme les battements d'une cloche (dingue don !) et j'étais assez découragé.

— Pourquoi aurait-il gardé le corps de Jean-Loup, dis-je, alors qu'il lui était si facile et plus prudent de lui attacher une machine à coudre aux pieds et de le balancer dans la Loire ?

Pascal ôta sa perruque grotesque et se gratta la brosse des cheveux. Moune avait disparu et il urgeait d'en faire autant, la pauvre mamie schlinguant par trop.

— N'y a plus qu'à attraper ton toubib par la barbiche, dit Pascal que cette pensée parut rasséréner grandement. On le fait avouer au cours d'une séance d'analyse poussée et on le livre à Hennique enveloppé dans la camisole de force de la cigogne.

— N'y comptez pas trop, dit une voix qui résonna sous la nef.

Et cette voix, bien sûr, c'était la mienne, caractéristique avec ses labiales slaves et ses palatales mouillées, fruits d'un disert mariage franco-russe.

— Joli talent d'amateur, docteur Lemoine, dis-je en réponse avec la même articulation vocale. Vous devriez faire du cabaret.

Suivi de Jean Pommachot qui braquait un fusil de chasse sur nous, Sigismond sortit de derrière le fût d'une colonne au chapiteau encombré, mains dans les poches, ironique et diabolique à la fois.

Il était vêtu d'une veste de treillis camouflée, ce qui n'est pas rare chez les objecteurs de conscience et les pacifistes les plus avérés. Sa tête rousse de gargouille néo-gothique jurait affreusement avec la sobriété splendide des voûtes d'arête romane.

— Maître Delcroix, je suppose ? dit-il de sa voix normale, une voix grinçante comme l'ouverture d'un tombeau et sans s'attarder à mon sincère compliment.

Remettez donc votre perruque pour sortir avec nous, il fait frais dehors…

Jean Pommachot s'avança, relevant d'un coup sec le canon jumelé de son fusil, soulignant ainsi l'urgence de l'invitation.

— Vous aviez raison, monsieur Machin, reprit Sigismond, ce n'est pas très prudent de ma part de ne pas m'être débarrassé du corps de Muller et vous touchiez du doigt la vérité : j'avais bien l'intention de le mettre dans ce cercueil en compagnie de cette pensionnaire qui est décédée la semaine dernière…

Un tueur qui parle est un tueur foutu, Sigismond l'aurait su s'il avait lu des polars au lieu des œuvres foutraques du bonimenteur viennois. Je posai discrètement le pied sur la chaise roulante. Le bon docteur, ivre de son verbe bidon et de ses auto-analyses pourries, s'écoutait trop parler et, comme l'écrivait si joliment Michel Audiard, un intellectuel assis va moins loin qu'un con qui marche.

— …. parce que votre Jean-Louis (lapsus révélateur) Muller, poursuivit l'engeance, ça fait deux jours qu'il est dans ma jeep, sous une bâche. Mais maintenant, on va arranger une belle et nouvelle mise en scène (en Cène ? Dans une église !) qui réglera tous nos problèmes.

— Qui réglera *vos* problèmes, dit Pascal qui, lui, avait vu mon pied et compris ce que je voulais faire, parce que, docteur, vous avez de sacrés problèmes et j'aimerais bien que nous en parlions, que vous puissiez vous décharger sur moi par une sorte de transfert affectif/répulsif.

— C'est intéressant ce que vous me dites là, opina l'aliéniste en lissant sa broussailleuse barbe aux reflets d'incendie, parce que, voyez-vous, voici quel est mon plan : au bord du ruisseau, on trouvera vos deux corps mêlés à celui de Jean-Michel Muller, ce qui a, notez-le bien, une connotation sexuelle des plus affirmées. La canne-épée de monsieur Machin aura une nouvelle fois rempli son office, les armes blanches, remarquez-le, ayant un signifiant phallique, et je défie les policiers d'y retrouver leur latin. Muller était en traitement, il a fait ici d'ailleurs quelques séjours très profitables pour assumer sa condition homosexuelle et ne plus refuser la dépendance amour-haine-drogue (le sein/saint de l'amer/mère), monsieur Machin est considéré comme un éthylique cherchant dans le substitut boissons un refuge-aléa à son physique ingrat-double et au refoulement d'écrivain raté qu'il porte en lui, tank à maître Delcroix, il a d'évidence une agressivité fasciste en lui qu'il n'arrive pas à éluder et le fait qu'il ait servi chez les nervis parachutistes et légionnaires est bien la preuve d'un dérèglement affectionnel grave…

— Bref, dis-je, la police croira à un meurtre de fous au pluriel, une sorte de punition rituelle, comme la morsure de l'oreille dans *Cavalleria rusticana*…

— Je n'ai pas votre culture, dit le gourou roux qui n'en croyait rien, je n'ai pas vu le film, mais en gros, c'est ça. Soyez assuré que j'expliquerai tout très bien et…

Jean Pommachot était subjugué, Lemoine empêtré dans sa logorrhée et je poussai brusquement de mon bon pied la chaise roulante dans leur direction.

Pour de la bonne camelote, c'était de la bonne camelote ! Elle fila droit vers le pilier, lourde et rapide, faucha l'infirmier herculéen, heurta de l'accoudoir les côtes du toubib qui fit un demi-tour sur lui-même, se retrouva sur le siège, emporté à vive allure vers le déambulatoire de la chapelle.

Assis sur les carreaux polis par des siècles de ferveur, Jean Pommachot n'en avait pas moins gardé son fusil en main et, alors que nous nous élancions pour fuir vers le porche, l'épaula en se mettant à genoux.

— Gaffe ! hurla Pascal.

Et puis plus rien. L'air hébété, Jean Pommachot glissait doucement sur le sol, le tintement rebondissant d'une petite bille d'acier répondant au bruit de ferraille de son fusil tombant sur les tommettes.

Sur le pas du porche ogive, Moune se tenait rigolarde, la fronde à la main.

Pascal avait raflé notre mallette-arsenal au passage et nous déboulâmes dans la neige grise alors que la satanée gamine couvrait notre retraite.

— Bien joué Moune, dis-je tout essoufflé.

— Bien joué tout le monde, affirma Pascal courant à mes côtés dans l'allée centrale.

Sur la scène, le psychodrame battait son plein, avec un CRS symbolique (bouclier/couvercle de poubelle) face à une victime de l'Histoire moins figurative qui avait pris de vrais coups de marteau sur le crâne parce que ça fait du bien quand ça s'arrête.

La grille était encore loin quand la détonation retentit dans notre dos, déchiqueta les branches superposées du cèdre et en fit tomber quelques strobiles fermés. Sur le parvis de la chapelle, le docteur Lemoine nous tirait dessus.

— You-you-you ! fit l'assemblée des brindezingues, ravis de l'impromptu dans la scénographie, ne songeant pas une seconde à se mettre à l'abri et applaudissant à tout rompre.

Notre trio, en revanche, ne songea nullement à crier bravo et nous plongeâmes sous l'estrade tandis que, imperturbable, le soixante-huitard au-dessus de nos têtes continuait d'assurer :

— CRS = Sécurité sociale ! (ce qui était d'une cohérence touchante).

— L'empêté tire à la chevrotine, précisa Pascal à l'abri des tréteaux.

— On est trop loin de ta bagnole, dis-je, haletant comme un cheval-vapeur qui aurait traîné un torpilleur. On n'y arrivera jamais, il nous tient en enfilade.

— You ! You ! clama le gang des entonnoirs en trépignant lorsqu'une seconde décharge cribla les minces planches de sapin qui nous servaient d'abri.

La suivante nous serait, c'était couru d'avance, fatale : déjà les plombs des cartouches avaient, tels des termites, grignoté dans le bois meuble en laissant des sciures d'insecte.

— Ils chargent rue Gay-Lussac, cria l'étudiant attardé qui faisait ce qui lui plaît en mai, tous à l'Odéon !

Moune me tira par la manche et, soulevant l'étoffe chamarrée de derrière l'estrade, me montra la jeep

Pajero de Sigismond Lemoine garée devant le bureau d'accueil des amis et camarades sinoques.

Ce n'était effectivement pas très éloigné du podium et le cèdre centenaire nous cacherait un moment à la vue du rouquemoute. Déjà Pascal s'élançait, portant toujours la lourde mallette aux flingots, courbé en deux sur le sentier de naguère. La chipie le suivit en sprintant en zigzags et je fermais la marche avec précaution, ma canne sous le bras.

Il n'y avait que deux portes pour grimper dans la haute voiture tout-terrain et Moune s'était engouffrée à l'intérieur, tandis que Pascal s'était installé au volant. La clé était par bonheur restée sur le tableau de bord et je grimpai à mon tour, tant bien que mal, sur le siège passager, à la place du mort.

— Tu sais conduire ça ? hurlai-je à Pascal qui semblait avoir du mal avec quelques bitonniaux (l'essuie-glace derrière bourdonna, la Mitsubishi eut un éternuement frileux) mais, que Dieu les bénisse, elle se mit en marche.

— Non, dit Pascal, mais ça ne doit pas être très différent des jeeps de l'armée pour le tout-terrain.

— Descendez de là, cria Moune alors que la porte-hayon claquait et qu'un type atterrissait à l'intérieur, s'affalant sur la grosse bâche kaki qui devait receler le cadavre de Jean-Loup Muller, JE VOUS DIS DE DESCENDRE DE LÀ !

Pascal fonça dans le tas des spectateurs qui s'égaillèrent en rigolant tels des cossus devant un livret d'Epargne A face à l'inflation. Je me retournai et je vis en premier lieu qu'un gus, que nous ne connaissions ni des lèvres ni des dents, était paisiblement assis sur notre cadavre.

En second lieu que Jean Pommachot, réveillé un peu trop vite (tu ne bandes pas assez ton élastoc de fronde, fillette !), cueillait le docteur Lemoine au vol dans une ambulance de marque Range Rover, également tout-terrain quoique peinte en blanc neige et crucifiée de rouge.

— Ils nous suivent, dis-je à Pascal qui manœuvrait le levier de vitesse comme une baratte dans une jarre de lait.

— J'ai vu, dit-il, qui c'est le mec derrière ?

— C'est un cadavre, dit celui-ci tranquillement, et il ne s'est pas présenté.

Commentaire de maître Delcroix :

Je réfute absolument le caractère carnavalesque de cette "expédition" que je réprouvais non moins absolument. Par ailleurs, les commentaires odieux de mon camarade sur les comportements de malheureux malades mentaux sont inadmissibles, ainsi que sa vision éthylique du personnel hospitalier en général et du corps médical psychiatrique en particulier, même si le cas du docteur Lemoine paraissait bien ressortir à la schizophrénie meurtrière.

La vérité de ce chapitre est dans l'action qui s'est effectivement déroulée comme relatée, mais infiniment plus vite et sans que Machin y prenne la part éminente qu'il s'attribue ainsi qu'à l'ordinaire, étant la plupart du temps dans son fauteuil roulant, étreignant ma boîte à fusils. Mais hélas, on n'a pas encore tout vu ni lu…

CHAPITRE XII

La Range Rover blanche sur le capot de laquelle était bizarrement inscrit : “ECNALUBMA” traversa le parc avec davantage de précautions que Pascal qui entamait déjà la raide descente vers le village, leur mettant un petit kilomètre dans les naseaux.

Ce n’était pas sans regret qu’il était passé à côté de son cabriolet BMW stationné près de la grille et le regard qu’il lui avait amoureusement lancé, en déhottant du parc, prouvait chez lui un fétichisme inquiétant.

Il fonçait maintenant à la tôle sur les routes verglacées mais, ainsi qu’il le grommela en prenant un virage plus serré qu’un budget de Français moyen sous Raymond Barre, les quatre roues motrices du Pajero permettaient bien des fantaisies.

Le vieux monsieur très digne, propre et au visage distingué, qui était assis maintenant sur le siège arrière à côté de Moune, me fit un sourire charmeur quand je me retournai vers lui.

— Mais c’est vrai, qui êtes-vous, vous ?

— C’est très simple, dit-il d’une voix châtiée, j’étais dans ma chambre en train de repeindre mon plafond quand je vous ai vus partir et j'ai alors retiré l'échelle en décidant *ex abrupto* de m'évader de cette maison.

Pascal négocia un village dans le virage (mes lecteurs rectifieront d'eux-mêmes), rasa le Poilu d'un monument patriotico-tumulaire qui montait la garde avec son Lebel de granit et la baïonnette appliquée, sur la place principale. Les énormes pneus gémirent et une poule se percha sur le casque du soldat méconnu.

— Mais, dis-je à cet exquis gentilhomme, les grilles de l'hôpital sont toujours ouvertes et on entre et on sort ici comme dans un moulin.

— Ne m'en parlez pas, dit le vieux birbe avec courtoisie, c'est l'enfer. A l'hôpital, on fait ce qu'on veut, c'est ce qui me tue : activités d'éveil, théâtrothérapie, solidarité avec les peuples opprimés et autres analyses de groupe, je n'en pouvais plus. Alors quand je vous ai vus vous aussi vous sauver, je me suis joint à vous subrepticement, ce qui m'a rappelé le bon temps des chers vieux asiles d'autrefois d'où il fallait s'échapper par la fenêtre en nouant des draps ensemble…

Nous sortions du village à fond dans la neigeasse, faisant jaillir des paquets de boue grise sur les bas-côtés de la petite route. La matinée plutôt tiède réchauffait la neige qui maculait de traînées de morve le bitume souvent défoncé par le gel et le soleil avait pris des allures de reblochon coulant. Les fêtes seraient-elles privées de flocons et de bonshommes par le seul caprice d'un pervers pépère

Noël ayant vraisemblablement retourné sa hotte pour s'inscrire au Parti socialiste ?

— C'est un gâteux, décréta l'insolente Moune…

— Ah ! s'extasiait le brave follingue, les douches glacées, la camisole, les cellules de contention !

Nous abordions une ligne droite et Pascal freina pile, se déportant dangereusement vers le fossé.

— Allez, pépé, dit-il, c'est là que tu descends.

— Bien volontiers, dit le vieillard avec urbanité, et je vous remercie infiniment pour ce brin de conduite.

Il serra cérémonieusement la main de Moune.

— Qu'est-ce que vous tenez là ? demanda-t-elle acerbe.

— Mais mon pinceau, mademoiselle, dit-il en repassant derrière et ouvrant le hayon, ne vous ai-je pas dit que je repeignais mon plafond ?

Il sortit comme il était venu, referma la porte avec soin et Pascal redémarra rageusement tandis que s'élevait derrière nous le pimpon de la Range Rover. Sur le bord de la route, se tenait très classe le sympathique monsieur en costume deux-pièces.

Quand je dis deux-pièces, c'est parce que je m'aperçus alors qu'il n'avait pas de pantalon ni caleçon d'ailleurs quoiqu'il portât de désuètes fixe-chaussettes.

— Mais… fis-je interloqué, mais il était à poil !

— C'est ce que j'ai vu dans le rétroviseur, grogna Pascal en passant la quatrième.

— Et qu'est-ce que tu croyais que c'était son pinceau ? dit Moune jovialement. Même qu'il voulait que ce soit moi qui repeigne avec…

*

La Range Rover blanche, gyrophare tournant et sirène hurlante, avait repris du terrain sur nous et elle dépassa l'aimable satyre en l'éclaboussant de neige fondue lui rappelant sûrement les douches glacées. Il n'était pas loin de midi ainsi que me le susurrait mon estomac et la Sologne se transformait en bourbier où pataugeaient des canards farceurs et ravis. Pascal emprunta une sorte de bretelle, survola un instant Vineuil où se cultivent les asperges mais aussi les ignames et franchit la Loire sur un pont tout neuf.

On était à l'aise dans cette automobile nipponne couleur caramel. Il y avait quantité de gadgets, un horizon artificiel, une boussole, des stations de radios péripathétiques, un téléphone, un couteau de chasse et, bien sûr, le cadavre de Jean-Loup Muller à l'arrière qui dégageait une petite odeur sure de musc et de mort sucrée.

Derrière, l'ambulance ne gagnait ni ne perdait de terrain et nous doublions de conserve tous les tombereaux du ouiquende, les chars à bœufs en route vers les résidences secondaires, les motards hallucinés du tape-cul dominical et les camionnettes des marchands de merguez solognotes.

— Arrête le chauffage et mets la climatisation, conseillai-je après lecture du mode d'emploi de la Mitsubishi, il y a Jean-Loup qui sent le calendo.

— Je crois même qu'il bouge, approuva Moune après un regard sous la bâche.

— Ce sont les cahots, dit Pascal, mais il ouvrit la vitre et respira une grande bouffée d'air frais et sec.

L'appareil distributeur de tickets à l'entrée de l'autoroute nous vit passer sans nous arrêter et n'en manifesta qu'un dépit machinal en déchaînant ses claquesons, sa crécelle et son alarme lumineuse, à quoi répondit la sirène de l'ambulance, son gyrophare et le coup de patin qu'elle donna pour éviter un employé sorti de son guichet, scandalisé qu'on ne payât pas pour rouler sur nos routes de France.

La bretelle d'accès en demi-piste de cirque fut avalée dans des crissements divers et nous nous retrouvâmes au beau milieu des deux files de l'autoroute, obligeant un camion-citerne sympa à grimper un réverbère voussu.

Sur le coaltar de l'A10, remarquablement déblayé de la neige dure, on pouvait arracher à la douille et Pascal ne s'en priva pas, les dents serrées tandis que je serrais plus bas. Jean Pommachot, derrière, devait prendre son pied avec sa sirène et prenait en tout cas des risques encore plus fous que nous en doublant les tas de veaux à roulettes qui se dirigeaient vers Tours.

Sur les voies opposées, les Bordelais, les Poitevins, les Tourangeaux et quelques Espagnols allaient occuper à Paris les places laissées vacantes par ceux qui roulaient dans le même sens que nous. L'exode alternatif battait pot plein, avec ses enfants aux visages crispés par l'envie de pipi, avec les mamies qu'on ramenait à l'hospice, les chiens à la campagne, avec les provinciaux timides et humbles qui se paumeraient à l'entrée de Paris et ralentiraient la circulation.

Un grésillement continu nous fit sursauter, alors que nous étions à la hauteur d'Herbault, toujours dans le damned Loir-et-Cher, flottant haut au-dessus des tendres mamelons blanchis, des vallonnements où les ombres abstraites et bleutées des congères mouchetaient le manteau vierge et les sillons abreuvés d'eau pure et comme tracés par quelque peigne pantagruélique.

En tant qu'ancien parachutiste, maître Pascal Delcroix prétend maîtriser tout ce qui est transmissions et il n'est que de le voir essayer de mettre des piles neuves dans un transistor pour comprendre combien nous étions défendus cinq sur cinq quand il servait dans un régiment d'élite. Il décrocha le combiné du téléphone.

Le grésillement poursuivit sa plainte de hanneton ayant un fil à la patte et tournoyant dans les airs par la volonté d'un gamin cruel.

— Essaie ça, dis-je en désignant un gros micro noir.

— Ah la cibi… dit-il, vexé, de mon temps…

Moune se pencha entre nous deux, tourna un bouton et regarda avec attention les chiffres verts qui défilaient sur un cadran numérique rouge. Puis elle décrocha avec assurance le micro au fil torsadé, appuya sur un poussoir et nous regarda avec insolence.

Je ne sais pas si vous avez déjà remarqué combien cette génération d'ouistitis manie les engins électroniques avec une aisance stupéfiante. On m'avait un jour offert un petit jeu japonais où je ne sais quel coboille plumait je ne sais combien d'Indiens. Au bout de trois jours, je vouais le donateur aux gémonies, n'ayant réussi à décoiffer qu'un seul sachem, et je m'apprêtais à jeter le bouzin quand Moune s'en était emparé et avait réalisé un score époustouflant en moins d'une heure.

— Allô, ambulance, dit-elle, est-ce que vous me copiez ?

Apparemment, l'ambulance comprit cet étrange vocabulaire car la voix satanique et grinçante de Sigismond Lemoine résonna soudain dans l'habitacle.

— Je vous copie impec, disait-il non moins étrangement, je veux parler au gros pervers.

Sans hésitation, Moune me passa le micro tandis que Pascal faisait une queue-de-poisson à un camion de bière.

— Je ne suis pas pervers, dis-je, je suis hétérosexuel, moi.

— On va vous coincer à la sortie, reprit le docteur en imitant facétieusement ma voix. Je n'ai qu'à prétendre que vous êtes trois dangereux aliénés évadés de mon hôpital et les gendarmes du péage me prêteront main-forte.

— Il est devenu répressif, constata Pascal.

— Ensuite, poursuivit Sigismond avec suavité, un malheureux accident dans l'ambulance me privera de votre clientèle. J'aurai des ennuis, certes, mais bien moins qu'en vous laissant courir…

— Le coup de la corvée de bois, marmonna Pascal, le salaud se fascise !

— On vous dit le mot de Trombone à Austerlitz, intervint Moune en m'arrachant le micro des mains.

Et elle coupa l'émission d'un index rageur.

— Merde, fit Pascal, j'ai raté l'embranchement d'Amboise.

Nous étions bien coincés : plus de sortie d'autoroute avant Tours et le plan de ce maboule rouquin pouvait en effet marcher. En France, dans ces années molles, les flics et les psys avaient tous les droits : les premiers font des conneries, les autres en disent, mais main dans la main, ils se complètent. La corporation des aliénistes est bourrée de réflexes poulagas, on compte pas mal de psychopathes dans les rangs des condés et il n'est que de les regarder témoigner ensemble devant les tribunaux, expert ou lardu, pour saisir tout ce qu'il y a de similaire dans leur démarche.

— Sssshht ! siffla Moune en regardant derrière, il y en a d'autres qui ont raté bien pire.

Arrivant à notre hauteur, mais sur la voie contraire, la BMW décapotée de Pascal allait bon train, pleine à ras bord d'une meute éclatée de loufs enthousiastes : au volant, l'homme nu aux bottes de caoutchouc que nous avions vu plonger dans les ronces de l'entrée. A ses côtés, la cigogne du bureau d'accueil brandissant sa camisole reconstituée. Derrière, notre copain le vieux faune à demi vêtu agitant son pinceau poilu, le CRS mythique avec son bouclier de poubelle, deux membres du chœur des langoustes agitant leurs pinces écarlates.

Et dans le coffre, notre somptueuse chaise roulante, roues en l'air tournant comme une loterie foraine.

Pascal devint aussi vert que moi avant que j'enlève mon maquillage d'un revers de main.

— Ma titine ! gémit-il puérilement.

Car c'est ainsi qu'il a baptisé son cabriolet. La sénescence, je suppose.

— Ne te plains pas, dis-je avec une cruauté sadique qui eût conforté le docteur Lemoine dans certains de ses jugements à mon égard, ils vont te la ramener à Tours, et avec la chaise roulante en prime.

— Oui, mais dans quel état ? pleurnicha le héros au sourire si flou, ce qui, je ne sais pourquoi, me fit penser au Solex de Charbo avec ses roues en 8.

Les agités du bocal avaient replié hâtivement la capote pas assez moderne qui était restée accrochée derrière comme une traîne de mariée. Ils demeuraient, c'est le cas de le dire, à notre hauteur, hilares, bonhommes (sauf la cigogne), faisaient des bras d'honneur aux occupants de l'ambulance, certains montrant leurs intimités ou leurs rotondités aux conducteurs des voitures arrivant en face et qu'ils contraignaient à se rabattre, affolés – c'est encore le mot – par cette voiture zinzin qui fonçait à contresens.

— C'est Elsa Triolet poupine, dit mystérieusement Moune dans un de ces coq-à-l'âne à la Zazie dans le rétro qui ne sont pas le meilleur de son charme, on va finir par se faire remarquer !

— You ! You ! glapissait une langouste pendant que le digne vieux gentleman repeignait la nuque de la cigogne avec son si particulier pinceau.

— On sort, décida Pascal qui ne voulait plus en voir davantage.

Une aire de repos ayant été annoncée à deux cents mètres et il y engagea le capot mafflu de la 4 x 4 sans freiner. Dépité, l'homme aux bottes de caoutchouc pila net et nous vîmes la BMW faire un demi-tour sur place et repartir illico, mais dans le bon sens cette fois, sans s'être manifestement rendu compte de rien.

L'ambulance hurlante et aveuglante s'engagea à notre suite sur l'aire, à maintenant moins de cent mètres. Un routier qui lansquinait sur un massif de buis encore enneigé se réfugia dans une corbeille à détritus, un clébard perdit ses maîtres plus tôt que prévu tandis que Pascal sautait la bordure du parking, labourait la pelouse et dévalait une petite pente, droit sur un épais grillage aux mailles serrées.

Jean Pommachot, derrière, n'hésita pas et désorbita le routier de sa poubelle, acheva le chien, avant de faire sauter aussi le pas à l'ambulance tout-terrain.

Affreusement cahotés, nous fermâmes, j'en suis sûr, tous les yeux en arrivant sur le grillage tendu par des poteaux d'acier. Je me cramponnais à une miséricordieuse poignée, la petite boule de l'horizon idéal chanstiqua comme si nous commettions des loupignes et, dans un craquement sinistre, les bulls barres du Pajero arrachèrent l'enceinte de l'autoroute.

Notre bagnole tira derrière elle un bout de grillage et deux poteaux, sarclant la neige de la campagne où nous nous étions miraculeusement retrouvés, en un seul morceau.

— Tout le monde va bien ? interrogea Pascal de meilleure humeur depuis qu'il avait pu faire le zouave cascadeur.

— Y'a Jean-Loup qui va pas bien mais qui sent fort, rigola Moune, ce qui n'était pas une plaisanterie de son âge.

Bien moins rigolo, c'était la ténacité des occupants de la Range Rover qui suivait notre sillage, pas moins secoués mais toujours là. Nous traversâmes un champ, gravîmes un petit monticule qu'il fallut redescendre, presque à la verticale. Pascal avait passé je ne sais quelle diabolique vitesse, sur un levier plus petit qui devait auto-bloquer un pont ou tout autre terme technique aussi improbable. Une vieille meule de paille qui ressemblait à un igloo fut traversée et retraversée sans encombre par les deux véhicules tout-terrain. Une ferme abandonnée nous vit tourner autour de son puits comblé, un lièvre prit sa course à travers les champs et nous ratissions large les arpents neigeux, glissâmes même un moment à la surface d'une mare gelée, bref, faisions joujou avec l'alacrité débridée de gens qui peuvent enfin réaliser de vieux rêves symboliques : démolir impunément des clôtures, sagouiller une prairie avec des dérapages à peu près contrôlés, jouir sans entraves, merci docteur.

— Où est-on ? interrogeai-je un peu lassé par cette course-poursuite de cinoche.

— Sais pas, dit Pascal s'amusant comme un petit fou et regrettant toutefois de ne pas disposer d'un char d'assaut pour le côté martial. Du côté de Rochecorbon, je suppose, mais en pleine cambrousse en tout cas.

— Je te remercie, dis-je acariâtre, je suis prêt à rendre ce que je n'ai pas sur l'estomac. Tu ne peux pas trouver une route civilisée au lieu de choisir les itinéraires les plus secouants.

— Il faut que je les décramponne, dit-il en slalomant entre des silos disséminés dans un champ nu.

— Il faut surtout te faire une raison, dis-je, leur ambulance a les mêmes ressources que ce sac de noix et ils ne lâchent pas. Dans quatre-vingt-dix feuillets, on y sera encore si tu ne fais rien.

— D'accord, dit-il en braquant à tribord toute et vent debout sur un sentier médiocrement carrossable.

Nous filâmes comme cela pendant deux bonnes minutes, sur ce chemin où la neige restait par plaques traîtresses et passâmes derrière la splendide grange de Meslay, ce qui faisait honneur au sens de l'orientation de mon excellent jeune camarade.

— Regagne la nationale, conseillai-je, on va les perdre dans Saint-Symphorien. Par là… non, pas par là, PAR LÀ !

J'avais hurlé trop tard et Pascal, malgré son énergique coup de frein, debout sur la pédale, n'avait pu que limiter les dégâts ; garée inopinément à la sortie d'un petit coude bossu et ornièreux, il y avait une charrette qui bouchait le passage, sans doute volée et abandonnée là par quelque voleur qui en aurait mangé le cheval.

Le Pajero grimpa dessus et dedans, tout juste, parce que le champêtre véhicule avait le cul baissé, les deux limons en l'air et que les ridelles avaient l'écartement suffisant pour nous. Il s'arrêta en équilibre sur le plateau de la charrette.

Pascal saisit la mallette aux fusils qu'il avait jetée sur la bâche kaki et tenta de sortir. La sirène se rapprochait mais la ridelle côté chauffeur bloquait la portière. Il ouvrit la mallette, saisit au hasard le fusil longue portée et me tendit une boîte de cartouches 270 mm explosives, chargées à 130 grains.

— Sors dehors…

— Si t'es un homme, complétai-je en me glissant, comme ma légère corpulence me le permettait, entre la ridelle droite et la portière.

Pataugeant dans la fondrière, je chargeai le magasin de la Watherby et refermai la culasse en faisant monter une balle. Je débouchai du virage et vis alors, à cent mètres, le monstre blanc et rugissant à la croix rouge qui fonçait sur moi à travers un pâturage blanchi sous le harnais. Je trébuchai et tombai de tout mon long dans la bourbouille glacée, me trouvant ainsi, sans l'avoir vraiment voulu, dans la position réglementaire du tireur couché, l'œil à hauteur du viseur de la lunette.

C'était un peu flou et je manœuvrai le zoum afin d'avoir une vision nette de l'ambulance dans l'affriolante petite croix grecque. La Range Rover avait stoppé dans un grand jaillissement de boue grise mais je la voyais comme si elle avait été à portée de main.

Sortis par le hayon, Pascal et Moune arrivèrent à mes côtés, mais debouts, eux.

— Tue personne, Machin, souffla Pascal.

— Pas de danger, ricana Moune toujours encourageante, il raterait un Basque dans un couloir…

— Justement ! dit doucement Pascal alors que je pressais sur la détente avec souplesse, afin d'éviter le fatal coup de doigt.

Ce bidule faisait vraiment un boucan du tonnerre de Zeus ! Et des dégâts importants : la borne de pierre qui limitait la prairie, à sept mètres de l'ambulance 4 x 4, avait volé en éclats et il n'en restait qu'un petit tas de gravats gris sur la neige blanche.

— Avertissement, dis-je un peu penaud. Je vais essayer d'avoir un pneu.

— Donne, dit Pascal d'un ton impatient parce que c'est toujours lui qui veut faire le héros.

La Range Rover commença à reculer pour amorcer un demi-tour quand je tirai la seconde balle qui ne rata pas le gyrophare sur le toit. Je vis Jean Pommachot sortir dans un piteux roulé-boulé et s'enfuir en levant haut les mains, déterminé à regagner au plus vite, et fût-ce à pied, l'hôpital où les zinzins étaient tout de même moins dangereux qu'ici. La silhouette efflanquée en veste léopard de Sigismond Lemoine se glissa à la place du conducteur tandis que Pascal m'arrachait le fusil des mains et épaulait, l'œil collé à la lunette.

— Fais attention, dis-je…

— A quoi ? fit-il en se concentrant.

Bloquant ses muscles, retenant sa respiration, alignant l'ambulance dans la croix, il tira avant de pousser un hurlement de douleur.

— … au recul, terminai-je en contemplant avec pitié son œil droit se fermer sous le sang qui pissait de l'arcade sourcilière ouverte par l'oculaire de la lunette ayant perdu son embout protecteur en caoutchouc.

Ulcéré à mort, d'autant que sa balle n'avait crevé que la roue de secours accrochée derrière l'ambulance qui filochait en direction de Saint-Symphorien, il me lança la Watherby comme un fagot de sarments d'ivrogne et regrimpa dans la voiture. Avançant légèrement, la charrette bascula vers l'avant et notre jeep empruntée sortit d'entre les deux limons qui avaient touché terre.

— T'es vache, Machin, me dit Moune alors que nous nous dirigions vers la 4 x 4 qui rugissait d'impatience après s'être dégagée du piège vicinal.

— Une vache dans un couloir, hein ? dis-je d'un air dégagé de ses obligations mirliflores.

Nous remontâmes dans le véhicule caramel que je commençais à prendre en grippe ou plutôt en ankyloses diverses, bleus fessiers, hématomes multicolores qui venaient heureusement compléter les blessures que m'avait infligées Pascal lors de notre bagarre aux Prébendes, la course à Solex et autres menus tracas qui m'assiégeaient depuis moins de trois jours.

— Je suppose… dis-je aigrement alors que l'intrépide casse-cou lançait derechef la Mitsubishi dans les sillons, je suppose que, maintenant, c'est nous qui allons pourchasser l'ambulance.

— Wouais ! approuva Moune, et en plus, il va nous ouvrir la route avec sa sirène…

— … et sans son gyrophare, complétai-je fielleusement.

Pascal me fixa un instant de son œil valide, l'autre étant coagulé par le sang qui suintait de l'arcade.

— Il n'était pas si mauvais que ça, mon coup de fusil, affirma-t-il avec, j'ai le regret de le dire, une certaine aigreur qui ne fait pas honneur à son éducation.

— Ben voyons, dis-je, si Lemoine crève, il est fichu ; il n'a plus de roue de secours…

C'est dans un silence boudeur que nous rattrapâmes la Range Rover, en bordure d'une grande enceinte grillagée, surmontée de fils de fer barbelés et de fils électriques.

Vraisemblablement inspiré par l'exemple de Pascal défonçant la clôture de l'autoroute, Lemoine, bloqué par ce grillage qui s'étendait à perte de vue, seulement relayé de temps en temps par un mirador, résolut de forcer le passage.

— Nom des dieux, jura de façon païenne le cher maître en voyant la Range Rover s'arrêter à dix mètres de l'enceinte, passer un crabotage supérieur et, ayant pris son élan, s'élancer contre les larges mailles roncées. L'ambulance parut rebondir telle une pelote contre un fronton, déclencha une gerbe d'étincelles du plus bel effet et abattit, en bout de course, le grillage.

Elle pénétra à l'intérieur du périmètre protégé par cet impressionnant dispositif et Pascal parut hésiter, ce qui m'étonnait chez cet enfonceur de portes ouvertes.

Au-delà de la brèche que la Range Rover avait ouverte dans la clôture s'étendait une large bande macadamisée sur laquelle elle filait telle une flèche ou, mieux, comme sur une autoroute.

— Tu n'y vas pas ? demandai-je. Il va nous semer.

Pascal se tourna vers moi alors que nous parvenions à vitesse réduite devant le passage forcé par l'ambulance.

— Si tu y tiens, dit-il, on y va. Mais je te signale que ce branque vient de s'engager sur la piste de la base aérienne de Parçay-Meslay…

Commentaire de maître Delcroix :

Lisant par-dessus mon épaule, le lecteur aura derechef compris que, sur un point de détail, Machin falsifie la vérité : comment, l'arme étant à moi, aurais-je pu en oublier le puissant recul ? Par ailleurs, moi qui étais tireur d'élite dans les troupes aéroportées, j'ai atteint ma cible quand lui tira piteusement à plus de vingt mètres de l'ambulance. On jugera des talents armuriers de Serguie quand on saura que je l'ai vu un jour essayer de faire entrer une cartouche de 12 dans un calibre 16 !

Enfin, cette poursuite à la Hellzapoppin n'était pas aussi amusante et déjantée que Machin veut bien le laisser entendre et à plusieurs reprises, nous avons failli y laisser notre peau. J'avoue ne pas bien comprendre pourquoi le journaliste traite ainsi par le grotesque et le cocasse des événements qui auraient pu se terminer en horrible catastrophe, ainsi qu'on le verra dans le chapitre suivant. Pour me dévaloriser en se magnifiant par "l'humour" ?

CHAPITRE XIII

Le hurlement rageur de réacteurs couvrit vraisemblablement ma réponse qui était fermement négative : non, je ne voulais pas qu'on y aille, j'étais formel, il n'était pas question d'aller baguenauder sur la piste d'envol d'un terrain militaire, on pouvait retourner le problème dans tous les sens, je ne trouvais pas que c'était une bonne idée.

Moyennant quoi, Pascal embraya et nous pénétrâmes illégalement et en vitesse dans la base école de Parçay-Meslay qui jouxte l'aéroport de Tours.

— J'ai toujours rêvé de voir des navions renifleurs de près, confia Moune alors que je chantais comme une prière, accompagné d'une balalaïka imaginaire, *Pajaleil jémegna, dara-gailla** en faisant tintinnabuler les grelots de mon traîneau et de mes genoux.

— Je me demande, fit pensivement Pascal alors que le barrissement des tuyères redoublait, si Sigismond sait où il est, lui…

* *Prends-moi en pitié, chérie* : vieux chant russe.

Pour le savoir, le plus simple était de regarder devant nous : l'ambulance filait grand train sur le tarmacadam de la piste, le bruit de sa sirène oblitéré par le grondement des deux Fougueux-Magister qu'on voyait rouler à sa rencontre, en début de décollage.

— Tanguy-Chariot à Laverdure, dis-je, il va se faire ratatiner et nous avec !

— On ne tire pas sur une ambulance, dit sévèrement l'ancien para, même dans l'aviation, on sait ça.

— Ben, qu'est-ce qu'on fait, nous ? demanda Moune avec justesse.

— On est des pékins, dit Pascal en passant la quatrième.

Les deux appareils avaient pris maintenant toute leur vitesse et l'on voyait, du côté de la tour de contrôle, une certaine animation : pompiers, ambulances, jeeps PM s'agitaient comme des totons tandis que la Range Rover n'était plus qu'à trois cents mètres du lieu probable de la collision. Lemoine freinait à mort, ainsi qu'en témoignaient les feux rouges de ses stops, les Fougas aussi, fumant de la gomme sur le tarmac, inversant les réacteurs dans un ululement funèbre et strident.

Dans le meilleur des cas, les deux chasseurs allaient percuter l'ambulance de plein fouet et l'envoyer en ricochet sur le Pajero pour ensuite nous rabouiller en fin de course. Dans le pire, ça ferait six morts et une super manchette dans mon canard ; avec photo de l'artiste à la une et un encadré où

Xavier de Sainte-Crâque déplorerait la perte d'un collaborateur précieux tout en trépignant de joie *in petto*.

Pas rancuneux à l'encontre de l'athée Sigismond, Dieu fit que les zincs s'arrêtèrent à temps et Il fit mieux : Il stoppa aussi l'ambulance.

Nous nous arrêtâmes nous-mêmes derrière la Range Rover alors que le ballet des jeeps, des fourgons de pompiers, des ambulances kaki nous entouraient, grouillant d'activité, dégorgeant des tapées de militaires furieux, des brochettes de colons apoplectiques, des soldats du feu congestionnés, des agents de la Sécurité militaire défourailleurs, des trouffions hilares, un psychologue du Conseil de révision intéressé et même un général qui, pour se faire pardonner d'être général – c'est-à-dire de ne pas avoir eu assez d'honneur pour démissionner en 1962 –, commença d'engueuler Lemoine qu'on extirpait pantelant de son véhicule, flottant dans sa tenue camouflée.

— Z'êtes zinzins, hurlait le gégène émergé, z'êtes zinzins !

Car il n'avait pas beaucoup de vocabulaire.

Sigismond Lemoine avait manifestement subi une crise de nerfs et au souvenir d'avoir évité une épouvantable collision avec deux avions à réaction, il était à ramasser à la petite tuyère.

— Z'êtes zinzins, nous disait maintenant le képiteux chef d'escadrille tandis qu'on nous passait les menottes, fort civilement si j'ose dire.

La police militaire les avait également mises à Lemoine sur son brancard. Il se souleva soudain, halluciné, fit avec la bouche un bruit de réacteur qui redresse la tête, les yeux fous, la barbe rousse hérissée tandis que ses cheveux longs en couronne étaient devenus blancs comme la neige alentour.

— Je suis psychiatre ! cria-t-il, lâchez-moi !

— Je suis avocat ! dit Pascal, lâchez-moi aussi !

— Et moi journaliste, surenchéris-je, j'exage qu'on me liche.

— Je suis une enfant, piaula Moune, détournez pas une mineure !

La confusion et la cocasserie étaient à leur comble. Le ridicule aussi peut-être. Pas tout à fait d'ailleurs car le comble fut atteint quand survint tout à coup, sur le terrain d'atterrissage, la BMW de Pascal, avec son chargement de forcenés plus ou moins habillés, traînant toujours la capote déchirée du cabriolet derrière elle.

— You ! You ! firent les langoustes au général qui bouffait sa casquette.

Ils avaient dû faire un nouveau demi-tour, retrouver notre trace et, désireux de continuer la fête, ils s'amusaient maintenant comme les petits fous qu'ils étaient.

Le débris sans pantalon mettait son pinceau dans la main d'une afate, le CRS chargeait un peloton de sous-offs, le nudiste botté affirmait à un pompier qu'il démouzonait bramitement son casque et qu'il endréberait bien son pudelovesqui, la cigogne et les langoustes contaient des fables au psychologue militaire et nous trois, tels des moutons bossus, nous rigolions à en perdre la laine.

Le général, traumatisé, ne retrouva son calme que lorsqu'un PM qui fouillait les deux tout-terrain vint lui apporter le fusil de Lemoine et les deux nôtres. Pour lui, ça commençait à rentrer dans les normes acceptables à compter du moment où l'ombre excitante du complot et du sabotage montrait son nez de conspirateur.

— Mon général, dit le flicard en uniforme, il y a autre chose…

— Oui, fit l'étoilé aux anges, quoi ? Une bombe ? Un RPG ?

— Un cadavre, mon général, dit le type embêté.

— Ils sont zinzins ! hurla le général, je l'avais bien dit qu'ils étaient zinzins !

— Non, dit le chœur des fous à qui l'on avait aussi passé les cadènes, on n'est pas zinzins, ON EST ALIÉNÉS !!!

*

Une fois le commissaire Hennique prévenu, tout rentra à peu près dans l'ordre, si l'on excepte la cure de sommeil qui fut préconisée au général par son ministre barbu en personne.

Comme on disait joliment autrefois, tout ce joli monde fut emmené au dépôt et le lardu nous garda, Pascal et moi, dans son bureau, avec un air gourmand qui contrastait avec sa mine rogue habituelle.

— Tout ça est assez compliqué à expliquer, commençai-je en tripotant ma canne qui avait échappé au général.

— Je n'en doute pas, émit Hennique de son habituel ton monocorde, mais pour la bonne forme, avant de faire un procès-verbal officiel, je tiens tout de même à vous préciser, monsieur Djerbitskine et maître Delcroix, que vous êtes accusés de meurtre et complicité de meurtre, trafic de drogue, voies de fait, vol de cyclomoteur, conduite en état d'ivresse, détention d'armes prohibés, bris de cercueil, violation de domicile, complicité d'évasion de malades mentaux, tapage nocturne, OPP sur la VP, détérioration de matériel autoroutier, entrée illégale sur un terrain militaire et peut-être complot contre la sécurité de l'Etat ce qui, je pense, sans vouloir m'avancer et même avec un jury populaire de cour d'assises, ne devrait pas vous emmener très loin de la détention criminelle à perpétuité.

— Vous êtes bien aimable, dis-je. Mais avez-vous interrogé le docteur Sigismond Lemoine ?

— D'après ses confrères qui l'ont examiné, affirma Hennique d'un air froid, il n'est pas actuellement en état d'être entendu au motif qu'il a subi un important choc traumatique sur le plan nerveux. Evidemment, ajouta-t-il, il sera entendu quand la Faculté me le permettra et son témoignage ne manquera pas d'être intéressant.

— Ce qui veut dire, le coupa Pascal pas de bon poil, que le temps que ce voyou rouquin et barbu se rétablisse, vous allez nous garder ici, Machin, moi et mes deux concu… mes deux amies ? Que ma réputation va être ternie, le cabinet médical du docteur Sophie Baudoux déserté, que Machin va perdre son vilain boulot dans son moche journal et que la malheureuse Moune n'aura personne pour lui faire à manger ? C'est ignoble, monsieur le commissaire !

— Calmez-vous, maître, soupira Hennique, et laissez donc un peu parler votre… ami, non seulement il en meurt d'envie mais, en outre, je crois qu'il est directement impliqué parce que son ex-épouse, madame Gisèle…

— Mais laissez-moi parler vous-même, saperlipopette et sac à papier, déclarai-je, martelant le sol de ma canne, j'en ai assez de faire le faire-valoir, moi !

Les tilleuls de la cour de la Bourse du travail opinèrent et se débarrassèrent ce faisant de leur fardeau neigeux. Une cheminée toussa un brin de buée gris et le soir allait tomber, le Père Noël briquer ses joujoux par milliers pendant que la Mère Noël lui préparerait une bonne tisane pour le foie. A la morgue pleine (salut, Jean-Patrick !), le cadavre de Jean-Loup Muller, chérubin à la toison bouclée, serait déshabillé de ses hautes bottes et découpé en lanières sanglantes. Mon moral était bas comme le soleil.

Hennique alluma la lampe sur son bureau, non pour me la braquer dans les yeux comme je m'y attendais, mais pour éclairer la feuille de papier administrative sur laquelle il s'apprêtait à noter mes explications.

— Je vais tâcher d'être clair et pas trop long, dis-je enfin comme si j'avais repris mes forces (un ouisquie eût été le bienvenu mais pas la peine d'y compter avec Hennique, il ne boit que du jus de carotte, comme le maire de Tours). Voici ce qui s'est passé l'avant-dernière nuit…

Commentaire de maître Delcroix :

Toujours aussi malintentionné, notre Machin, soufflai-je à Moune qui avait tendance à s'endormir sur les feuillets dactylographiés du disparu et qui ne se réveillait que lorsque des détails salaces ou se rapportant à sa petite personne attiraient son attention : il faut encore qu'il me fasse amorcer un "mes concu… (bines)" en évoquant Sophie et Souên, alors que bien entendu, tu sais que ça n'a jamais été le cas… "On dirait que tu le regrettes", murmura pensivement la jeune insolente en suçant une queue de langoustine.

CHAPITRE XIV

— J'étais dans un café de la place en train de prendre quelques rafraîchissements… – sur intervention, monsieur le commissaire, il s'agissait du Petit Tonneau voisin – quand Jean-Loup Muller est entré. Jean-Loup Muller avait été l'amant de ma femme…

— Je sais, dit le flic avec cet air gêné et complice qu'ont les cocus entre eux.

— Il était fiché pour ça ? m'étonnai-je.

— Non, dit Hennique, c'est *vous* qui avez une fiche aux Renseignements généraux. Tous les journalistes en ont une.

— Bref, poursuivis-je, songeant qu'il faudrait que je me procure cette fiche-là qui devait être passionnante, il a consommé et demandé à téléphoner dans le Loir-et-Cher, ce qui m'a fait tiquer. Je t'ai menti, Pascal, dis-je à l'avocat, en prétendant qu'il avait appelé le département.

— Je sais, dit Pascal à son tour, j'avais interrogé Charbo et le patron du bistrot le matin.

Ils m'agaçaient tous les deux à tout savoir et j'eus envie de me taire, rien que pour les faire bisquer.

Dehors, il faisait maintenant un noir de Chine et nous étions tous trois dans le halo de la lampe comme dans un tableau de primitif hollandais.

— J'ai tendu l'oreille, poursuivis-je, et j'ai entendu qu'il prononçait le prénom de Gisèle, lui demandant si "elle en avait". Comme je savais (moi aussi je savais) qu'il s'adonnait à la drogue, j'ai été surpris d'entendre le nom de mon ex-femme mêlé à ce trafic. Elle avait bien des défauts, était un peu négligée et roulait à moto mais, à mon époque, elle ne se camait pas.

— D'après les rapports de mes collègues de Blois, confirma Hennique douloureusement, c'est Jean-Loup Muller qui l'a initiée à cette déplorable pratique avant qu'il ne vienne s'installer à Tours, justement parce qu'il avait été inquiété là-bas pour ce motif. Il semble d'ailleurs que ce monsieur a commis de sérieux ravages par prosélytisme. Il a également été "désintoxiqué" dans l'hôpital...

— Oui, on sait que vous savez, dit Pascal, et vous savez qu'on sait aussi. N'interrompez pas mon camarade sans arrêt pour des vétilles !

Je les regardais, bras croisés, pianotant sur le pommeau de ma canne, bien résolu à me laisser passer à tabac plutôt que de continuer à faire des aveux dans ces conditions exaspérantes.

— Elle ne se camait pas à l'époque, répétai-je avec décision. Mais là, le doute n'était pas permis et ce coup de téléphone de Muller passé hors de chez lui...

— Le juge d'instruction l'avait fait mettre sur écoute à la suite de son inculpation pour une partie de drogue qui a mal tourné, dit Hennique… Oh ! excusez-moi.

La lune montra sa face bouffie et malsaine de corps mort, nappée dans des haillons de brume qui montaient de la Loire visqueuse d'écume. Un inspecteur frisé comme un bélier passa la tête et demanda si on voulait à boire, sous l'œil courroucé de Michel Hennique.

— Volontiers, dis-je, ouisquie glace et un sandouiche, je n'ai rien mangé depuis hier soir.

— On n'a que de la bière, dit le mouton en disparaissant, et vous me rembourserez.

— IL LUI A DONNÉ RENDEZ-VOUS A SON MAGASIN ! hurlai-je, et mes deux interlocuteurs, après avoir violemment sursauté, me regardèrent d'un air stupéfait et inquiet. Pourquoi je m'énerve comme ça, moi ? Je l'ai suivi, Jean-Loup Muller, je veux dire. De Blois à Tours, par l'autoroute, avec la moto puissante de Gisèle, il faut une petite demi-heure. Presque le temps que Muller et moi avons mis pour aller à pied place de la République. Alors, maintenant, je suis obligé de faire des supputations parce que en vérité, je ne sais pas très bien pourquoi Gisèle et le docteur Sigismond Lemoine avaient décidé de tuer leur client, si c'était prémédité ou quoi…

— Je peux répondre en partie, dit Hennique ne protestant même pas quand j'affirmai que c'était le couple répugnant qui avait occis mon défunt rival (c'était bien la peine de m'accuser de meurtre un quart d'heure plus tôt…).

— Ah oui, dit Pascal avec courtoisie, c'est intéressant parce que moi aussi j'ai une hypothèse.

— Dites-la, fit Hennique, je vous en prie.

— Non, dit Pascal, vous d'abord, c'est plus naturel.

— Mais non, je n'en ferai rien.

— Alors, fit Pascal très taquin, je ne dirai rien.

— LA FERME ! criai-je derechef, et le bélier qui apportait la bière et les sandouiches faillit lâcher son butin, ce que je ne me serais jamais pardonné.

— Vous me paraissez un peu nerveux, monsieur Djerbitskine, dit Hennique légèrement inquiet.

— Mettons les choses au clair tout de suite, dis-je, dans les romans à énigmes masquées, lors de l'explication finale, ON NE COUPE PAS LE NARRATEUR.

— Echaie de ne pas crier comme cha, dit Pascal de la bouche de qui dépassait un morceau de couenne du jambon.

— Bien, dis-je, Gisèle est arrivée au magasin d'antiquités sur sa moto. Le docteur Lemoine était, lui, déjà à Tours avec sa 4 x 4 et surveillait Jean-Loup.

Le commissaire Hennique leva un doigt aux ongles carrés.

— Il craignait, à juste raison, que monsieur Muller ne craquât et vendît tout le réseau. Réseau de drogue et de bien d'autres choses.

— Je vous remercie, commissaire, dis-je en un rot occasionné par la cannette que je venais de terminer pendant cet aparté. Muller et mon ex-femme, qui était peut-être encore sa maîtresse, sont restés à régler leurs petites affaires dans le magasin et…

*

… Et la nuit était givrée, pas tant que moi qui grelottais dans une encoignure, la tête un peu lourde d'alcool et de tout bat nénette. J'étais effondré et désespéré de ce que je venais d'apprendre : Gisèle trempant dans ce trafic, Gisèle voyant toujours cette larve décolorée de Muller.

On est toujours un peu collé à son passé, on en finit même par en oublier les infamies pour n'en garder qu'en chaufferette les petits coins tièdes du bonheur.

Alors, jusqu'où ne descendrait-elle pas, cette femme qui m'avait dit un jour “oui” devant un adjoint au maire de Blois tricolore et indifférent ? C'était bien avant Augustin*, bien avant Joseph Pinto**. Mais j'avais toujours envie de la protéger, prise qu'elle était dans le double et terrible engrenage de la drogue et de la dépendance sexuelle et intellectuelle, comme un livre dépenaillé coincé entre les deux éléphants moisis, sur le manteau branlant d'une cheminée en ruine.

Ils ressortirent tous les deux, se tenant par le bras. Oui, c'est cela, fureur et désespoir, la première avec une houppelande et des cuissardes, la seconde avec une combinaison de motarde…

Ils remontèrent tous deux sans se toucher la rue du Grand-Marché et je les suivais encore, la jambe

* Voir *Le Grand Môme*.

** Voir *Juste un rigolo*.

raide, le corps transi, frémissant de dégoût et de haine et sûrement que j'aurais fini par faire un mauvais coup, en rôdeur du souvenir.

Sans doute la Mitsubishi suivait-elle aussi ou bien attendait-elle place Plumereau, je ne sais exactement. Comme je ne sais pas si Gisèle était complice de la mise à mort programmée ou bien si le bon docteur Lemoine ne l'avait pas mise au courant de ce qu'il préparait.

Quand il sera sorti de sa prostration, Hennique le lui fera dire mais, moi aussi, je m'en fous.

L'enseigne lumineuse d'une teinturerie brillait dans la petit ruelle, puis s'éteignait : *vit' fait* rouge, *bien fait* vert. Elle éclaira furtivement leur entrée dans une de ces vieilles maisons du XVe avec ses colombages rebriqués à neuf. Tout le quartier des Halles avait été ainsi restauré par une municipalité conservatrice à tous les sens du terme : le Faste Foude était d'inspiration Viollet-le-Duc, le pressing médiéval et la pizzeria Renaissance. Les années quatre-vingt s'annonçaient décidément comme devant être néo-gothiques et baroques-and-roll.

Une lumière s'alluma au second étage et j'attendis encore, du tuffeau plein le cœur troglodyte. Toute proche, la Loire vaporisait ses grands flacons de brume.

Et puis ce fut la galopade, la folie brutale, la confusion meurtrière.

Gisèle surgit, échevelée, son casque à bout de bras, le vert de l'enseigne me découvrant son visage défait. J'avançai d'un pas vers elle, baignant dans le rouge : *vit' fait*. Elle ne parut pas surprise de me voir, sans doute la petite piqûre douceâtre ayant déjà fait son effet. *Bien fait*.

— Que se passe-t-il, Gisèle ?

Elle s'accrochait à mon bras, titubante, pâteuse, effroyable égérie de la mort en sachet.

— Je l'ai tué. Jean-Loup. Coup de casque. Sur la tête. Tombé.

Elle se laissa glisser à terre et son casque de motocycliste rebondit sur les pavés comme une grosse boule de bouligne dans la rigole.

— Viens avec moi, dis-je doucement, on va voir.

— Non. M'en fous. M'EN FOUS.

J'entrai, tâtonnai pour trouver la minuterie puis m'engageai dans le remarquable colimaçon de l'escalier ; arrivé au premier étage, je m'aperçus que j'avais laissé ma canne-épée dehors, près de Gisèle affalée dans le caniveau.

Polie par les siècles, la rampe m'était d'ailleurs d'un meilleur secours pour hisser mon quintal vers le rectangle lumineux du palier supérieur, indiquant que la porte était restée ouverte. J'entrai dans le studio.

Poutres apparentes, mignonneries aux murs, sofas bois de rose, seringue sur une belle table en merisier. Mais personne dans la pièce où un pare-feu renversé montrait seul qu'une lutte pouvait y avoir eu lieu. Un bruit d'eau me parvint et je poussai la porte de la salle de bains. Jean-Loup Muller passait un gant de toilette sur ses cheveux bouclés, son profil de vieux pâtre éclairé par un œil-de-bœuf à croisillons, à la vitre dépolie.

Lui non plus ne parut pas surpris de me voir. C'était comme si je n'existais pas vraiment pour ces deux êtres qui m'avaient déchiré, bafoué. Je ne leur étais même pas un remords, tout juste un objet dans leur univers parallèle et obscurci, une bestiole à peine bizarre et presque transparente.

— La salope, dit Jean-Loup Muller, pas voulu tirer. M'a tapé. Où est-elle, cette camée ?

— En bas, dis-je. Tu es toujours aussi répugnant.

Il ricana, m'écarta d'un coup d'épaule et sortit de la salle de bains.

— Faut toujours que tu arrives à l'impromptu, dit-il méprisant. Tu veux la remplacer ? Tirer avec moi ?

Je réprimai une nausée et, curieusement, ma haine s'évanouit d'un coup, remplacée par un vague dégoût. Je valais mieux qu'eux. Je buvais peut-être mais je valais mieux qu'eux. J'avais mes chimères mais ce n'étaient pas des cauchemars. J'avais mes gueules de bois, mais ce n'était pas l'enfer. J'éprouvais la torpeur quiète du réveil, quand on a côtoyé des gouffres, raté des marches, qu'on est tombé interminablement et qu'on s'aperçoit qu'on est seulement accroché à son oreiller et non le long d'une corniche vertigineuse.

— Pauvre mec, dis-je.

Je sortis sur le palier et il me suivit. La cage de l'escalier était un trou noir et je commençai à descendre les marches, avec précaution, tandis qu'il refermait la porte, allumait la minuterie et m'emboîtait le pas en hurlant :

— Journaliste raté ! Ecrivain raté ! Littérateur !

Je rigolais tout seul, sans daigner répondre. Je valais mieux que lui. J'étais vivant, lui pas. C'était lui qui me haïssait, j'étais une des créatures qui le tourmentaient dans ses cauchemars, jusqu'à la fin des temps. J'étais la peau figée sur son bol de drogue, le verglas sur lequel il glissait avant de chuter sans fin et sans réveil. J'étais…

*

— … j'étais arrivé en bas des marches. Gisèle était toujours vautrée sur le trottoir. Une enseigne rouge et verte éclairait faiblement la ruelle.

— *Vit' fait, bien fait ?* interrogea Pascal en essuyant subrepticement ses doigts pleins de beurre sur sa chaise.

— Ma canne avait disparu et Muller était sur mes talons. J'en avais ma claque et je décidai de m'en aller, retrouver le Petit Tonneau et les copains. Tant pis pour ma canne-épée, cadeau de *Diadouchka* Djerbitskine, que l'antiquaire la mette dans ses rayons de vieilleries entre un cartel rococo et une angoissante maison de poupée. Ce n'était que de la drouille, comme tous les souvenirs. J'ai entendu un cri alors que je m'étais éloigné d'une dizaine de mètres…

— Sigismond Lemoine était embusqué et avait tué Muller d'un coup de canne-épée dans le dos ? suggéra Pascal.

Hennique regardait curieusement la canne que je tenais entre mes genoux mais n'ajouta rien. Lui non plus ne devait guère aimer les antiquités, sûrement parce que c'est salissant la poussière des siècles.

— Je suppose, dis-je. Il faisait très sombre dans la ruelle. Muller était étendu sur les pavés, face contre le sol et le fourreau de la canne roulait dans le caniveau, près de Gisèle. La lame était plantée dans le dos du brocanteur, à la hauteur des reins…

— Vous n'avez pas vu Lemoine ? interrogea Hennique, l'air peu satisfait.

— J'ai entendu un bruit de course, c'est tout. Et puis, pour moi, c'était Gisèle qui avait tué Jean-Loup et puis, à vrai dire, je n'étais pas très clair. Tout cela était un cauchemar, la suite de ce que j'avais fui dans le studio de Jean-Loup, la marche qui truque et le puits sans fond de Gérard de Nerval.

Hennique me regarda avec perplexité et j'en profitai pour piquer le fond de la cannette de bière de l'avocat, en toute impunité.

— Il a été tué sur le coup ainsi que l'autopsie vous le confirmera sûrement, repris-je. C'est Gisèle qui a retiré la lame du corps, mais c'est moi qui ai retourné le corps. Il n'y avait plus rien à faire, j'ai récupéré ma canne et je me suis enfui.

— Tout de même, dit Hennique, vous aviez assisté à un crime, votre témoignage…

— Témoignage, mon cru, dit crûment Pascal. Non seulement il n'a rien vu mais Gisèle est son ex-femme et le divorce n'empêche pas qu'il n'était nullement tenu de la dénoncer…

— Je ne suis pas un donneur, rappelai-je en souriant.

Mais je savais pourtant par-devers moi que j'avais souvent donné…

La tension et l'attention étaient sensiblement retombées. La nuit aussi sur les tilleuls d'où la neige avait lentement glissé, parce que la neige ne tient jamais éternellement. Le commissaire prenait des notes, le bélier repassa sa toison crépue par la porte et je lui montrai les bouteilles de bière vides. Il cligna de l'œil et disparut.

— Maintenant, dit Pascal ravi de pouvoir enfin la ramener, c'est là que j'entre en scène. Machin vient me voir, me raconte des sornettes dont je ne crois pas un mot et je décide de me livrer à une petite enquête, surtout quand j'apprends, le lendemain matin, que le corps de Muller n'a pas été retrouvé. Qu'il veuille protéger sa pouffiasse d'ex-femme qui l'avait trompé urbi et zobi, c'était son problème, le mien, parce que Machin est mon ami, c'est de le protéger, lui. Mais, pendant ce temps, le docteur Lemoine a décidé de brouiller les cartes et d'isoler Machin de tous ses amis afin de lui faire endosser le meurtre de celui qui l'avait cocufié.

— C'est aussi à cause de ça que j'ai dû quitter Blois pour venir m'installer à Tours. Dans la ville de Denis Papin, tout le monde sait qui est à voile et qui est à vapeur…

— C'est compliqué, un psychanalyste, complètement tordu, même, reprit maître Delcroix. Il met au point une combine délirante afin de faire passer notre camarade pour un donneur, un indic de police, ce qui est vraiment le pire qui puisse lui arriver.

— Je vous en prie, dit noblement Hennique en tirant son mouchard de sa poche pour essuyer son front dégarni.

— Sigismond Lemoine, comme nombre de perroquets freudiens, possède un don d'imitation vocale assez saisissant. Il téléphone chez moi où il ne reste plus que mon amie Souên, laquelle ignore que Machin dort dans la salle d'attente. Il se fait passer pour lui, lui donne un rendez-vous dans le studio de Muller puis vous téléphone à vous, Hennique, en vous signalant qu'il y a de la drogue dans ce studio, et ce toujours avec la voix serbo-valaque du couseur de casquettes…

Pourquoi diable Pascal Delcroix me traite-t-il parfois de couseur de casquettes ? Voilà bien un mystère de plus !

— Après quoi, Sigismond Lemoine poursuit son plan de dément en montant la comédie de Chez Berthe avec deux truands plus bêtes que méchants. Planqué derrière la cloison, il prend des photos compromettantes de Machin avec un travesti notoire, tout cela pour compliquer l'affaire, enfoncer davantage Machin, le déconsidérer une nouvelle fois : un bel exemple d'acharnement psychanalytique…

— Puis, il essaie de me tuer sur les bords de Loire ? C'est plutôt contradictoire, non ? fis-je dubitatif.

— Que nenni, s'enthousiasma Pascal qui, comme tous les avocats, adore s'entendre pérorer sitôt que son auditoire dépasse les deux personnes, c'est même génial. Il aurait déposé le corps de Jean-Loup Muller près du tien, les photos avec Régina dans tes poches, sans oublier sûrement quelques sachets de drogue, et personne, jamais, n'aurait pu s'y retrouver dans ce micmac !

— Tu es trop bon, dis-je. Donneur, pédé et héroïnomane, ça faisait beaucoup pour un seul mort…

— Pour deux morts, corrigea Pascal, alors que le bélier arrivait avec une nouvelle provision de bibine. Franchement, il n'y a qu'un analyste analysé pour trouver des combinaisons aussi marécageuses. Il pensait t'avoir coupé de tout le monde et, à dire vrai, j'étais assez remonté contre toi, surtout après avoir vu Souên incarcérée au milieu de vos pochardes et de vos prostiputes transexuels, ajouta-t-il à l'intention d'Hennique.

— Bon, dis-je, tout s'explique et tout se tient. Il ne reste qu'un ou deux petits mystères…

— Je sais, dit gravement Pascal, mais ça, Machin, c'est ton truc !

Commentaire de maître Delcroix :

Tout cela était plus bancal que le cheval de bois d'un manège forain déglingué et si je n'avais recueilli les "confidences" d'Océane, puis du Gecko et accessoirement, mais je ne le savais pas encore, celles de Paulo, de Roméo Ladronne et accessoirement le texte de Max Cavalier, j'aurais encore douté de moi et pensé que peut-être Machin et moi n'avions pas vécu les mêmes scènes. Car au commissariat, les choses ne s'étaient pas du tout passées comme relaté ci-avant et l'attitude du journaliste avait été moins nette et moins dégagée qu'il semble le suggérer. Manifestement, ni le commissaire Hennique (il a pris sa retraite, depuis, et vit dans le Gers où il gave des canards et des oies) ni moi ne croyions la version apocalyptique, alambiquée et vicieuse du citoyen Djerbitskine.

Le flic avait ses raisons qu'il avait consignées dans ce rapport que m'avait confié le Gecko et qui relatait comment Machin était l'informateur de Carteret mais aussi celui d'Hennique, j'avais les miennes qui tenaient à ce que j'avais vécu cette affaire de mon côté de la rampe, côtoyé les protagonistes et sans doute acquis une autre vision du dossier. Si tout ça ne nous disait pas si c'était Machin qui était dans la tombe, dévoré par les cochons et les fourmis du mont Koghi, du moins cela expliquait-il pourquoi certains aimeraient qu'il y soit bien.

CHAPITRE XV

La neige avait fondu dans la rue de Clocheville et ailleurs. L'air était plus doux dans la rue Gambetta et autres lieux mais le phare du Petit Tonneau signalait les récifs de corail aux hardis navigateurs qui s'étaient retrouvés en un seul et uni équipage.

Moune marchait en tête, plutôt grognichou d'avoir été tenue à l'écart de ce qu'elle appelait nos conciliaputes, Sophie et Souên, les deux compagnes de cellule, suivaient en se tenant amicalement par le bras même pour sauter les flaques d'eau brunes, Pascal et moi fermions la marche tels deux bons gros chiens de berger en route vers les alpages.

Il devait y avoir une pause entre deux bouclages d'éditions différentes car le rade était plein, pas tant toutefois que Charbo qui déclamait *Le Géranium ovipare* en butant sur les mots difficiles.

Quelques potes journalistes étaient là, quelques protes de l'imprimerie aussi, autour d'un tonnelet de gamay de Touraine, de tartines de rillettes sur du pain *bis* et du pouce *ter*. Cela ressemblait bigrement à un pot d'adieu mais ce n'était qu'un traditionnel “Hala”, celui que j'avais promis et dont le patron du bistrot, toujours en avance d'encaisser une tournée générale, avait pris l'initiative.

Le chant justifiant le nom du "Hala" s'éleva à notre entrée :

A la santé du confrère
Qui nous régale aujourd'hui
Ce n'est pas de l'eau de rivière
Encore moins de celle du puits
Hala, hala, hala
A la santé du confrère
Qui nous régale aujourd'hui !

Je régalai, ému par ce chant qui sentait bon les ateliers d'autrefois, l'odeur du plomb, de régule et d'antimoine, le cliquetis des cadratins, le halètement des cylindres, tout ce que nous avons perdu depuis que les machines glacées avec leurs écrans ineptes sont venues semer la zizanie futuriste dans la plus noble des corporations.

Et si la grande peur de l'an deux mille avait commencé vingt ans auparavant, dans ces années quatre-vingt qui nous avaient dépouillés de nos joujoux laborieusement mécaniques pour les remplacer par de coûteux gadgets informatiques. Si on avait dépouillé nos jeux guerriers de petits garçons attardés qui consistaient à dépaver les rues et à dépraver les jeunes filles aux sages chignons pour nous refiler des ersatz de révolution et des massicots à laser. Le disco avait déserté nos michelines et le plastoc supplanté le cher vieux formica. A la télévision, Michel Polac entendait restituer la parole mais il nous avait surtout coupé le sifflet et “l’état de grâce” incarné par Mauroy était surtout un état de graisse.

A la santé du confrère
Qui nous régale aujourd’hui !

Le gamay violet tannisait les verres et la charcuterie graissait les mandibules. Moune se faisait draguer par un stagiaire qui ne connaîtrait peut-être jamais ce que nous autres, vieux loups malades de la presse, avions vécu : les sous-préfectures blafardes où l’on envoyait la copie depuis le boxon pelucheux de la gare, seul endroit à rester ouvert la nuit, avec des gourgandines amicales comme réviseuses de tierce et coups de pompes rigolardes, le téléphone qu’on s’arrache, les vacheries qu’on se renvoie, les notes de frais où le comptable hagard s’interrogeait sur le sens de la rubrique “O.N.P.D.B.” qu’on lui traduisait charitablement : On N’est Pas De Bois, dont on faisait alors les pipes.

— Je n’ai pas retrouvé mon Solex, se lamentait Charbo auprès de moi, il n’était plus à l’endroit que tu m’avais indiqué. J’ai porté plainte pour vol…

— Tu as raison, dis-je lâchement mais secrètement soulagé, c’est bête ça, qu’il ait disparu. Comme je me sens un peu responsable, si tu veux, je te cède en échange une chaise roulante qui n’a presque pas servi…

— Le casque aussi a disparu, pleurnicha-t-il.

— Non, dis-je, le casque est chez moi. Le jaune tranché d’écarlate plaît beaucoup à Grisbi et Rififi…

— Bien, dit Pascal, on y va ?

— On y va, dis-je à regret, jetant un œil embué sur les joyeux ivrognes sans complexe qui assiégeaient le tonnelet emblématique.

Après tout, c'était peut-être vraiment un pot d'adieu…

*

Nous laissâmes les trois femmes au Petit Tonneau sous la houlette d'honneur du Syndicat du Ivre, emportant avec nous dans la nuit molle l'odeur chaleureuse du noir de fumée et d'huile de lin cuite des encreurs, celle du tabac froid des correcteurs en blouse grise et crayon gras sur l'oreille et celle, plus surette, de Moune qui avait délaissé le stagiaire pour Charbo lequel déclamait du Pierre Louÿs sans circonspection.

Des rigoles de neige fondue dévalaient les caniveaux, le Père Noël fourbissait son canoë canaque, on avait mouillé cette Voie lactée qui s'était pasteurisée depuis le début de cette sombre histoire de gens d'âme et de menteurs.

Hennique nous avait laissés repartir du commissariat avec un grand geste de découragement, certain que nous n'étions pas amendables, secrètement complice et envieux de notre liberté, de notre disponibilité, de notre humour de l'aménité.

— On a encore fait du bon boulot, me dit Pascal en une étreinte aminche alors que nous traversions la rue Nationale, clinquante et humide où circulaient des Dyane, des Estafettes et des Deux-Chouaux.

— Que va devenir Gisèle ? m'enquis-je, tout déséquilibré par l'absence de ma canne que j'avais dû laisser sous scellés à Hennique comme pièce à conviction.

Je doutais cela dit que ses scientifiques puissent s'y dépêtrer parmi toutes les empreintes digitales qui devaient la maculer.

— Elle va se retrouver chez les fous, ce qui ne la changera guère, Sigismond Lemoine dans les prisons socialistes, ce qui ne l'étonnera pas, répondit l'avocat. Il en sortira et écrira un livre à succès sur son épouvantable expérience carcérale. Mais nous autres ?

— Les nous-autres, dis-je, laissent volontiers tomber la neige sur Lifou.

— Qu'est Lifou ? demanda l'avocat.

— Une île lointaine du Pacifique, en Nouvelle-Calédonie, très exactement à l'opposé de Tours, où il ne tombe jamais, jamais de neige sous les cocotiers. J'y pars en reportage pour l'hebdo parisien dont je suis le correspondant. Une sorte de repérage, un exil sur une terre française et qui entend le rester. On l'a surnommée "le Caillou" et c'est plein de chevaux, de coboilles et d'Indiens avec qui jouer pour de vrai dans de vrais ouesternes.

Nous arrivions à la porte du journal où le tunnel velouté du hall s'apprêtait à me happer, chaud et rassurant, avec ses certitudes paternes et badernes, sa sécurité lâche dont je ne voulais plus entendre parler, les illusions que le papier imprimé ne m'apportait plus.

— Machin tourne exotique, siffla Pascal, manque plus que le *"Non, je ne regrette rien"* de la Légion.

— Ouais, dis-je, comme papa hors de maman.

Je m'engageai d'un pas ferme dans le hall et grimpai vers le bureau directorial en m'agrippant farouchement à la rampe. Et malgré l'absence de ma canne, pour une fois, Pascal Delcroix avait de la peine à me suivre.

*

Je jetai le torchon vert sur le bureau de Xavier de Sainte-Crâque, exceptionnellement à son poste parce que les bichons de belle-maman avaient des insomnies. Sa secrétaire, la Caissière comme elle est unanimement appelée dans le journal, derrière sa machine à pondre les notes de sévices, me considérait avec une crainte bien légitime. La présence de Pascal n'était pas pour la rassurer : l'avocat a une réputation bien établie de ratisseur de mechtas, chouraveur de virginités, factieux notoire qui devait faire frémir ce pauvre avatar de mademoiselle Lelonbec saisie par la débauche.

— Cela a été imprimé ici, dis-je en m'asseyant sans façon et en désignant d'un index dégoûté *Le Turone déchaîné* étalé de façon obscène sur le bois laqué du bureau, Pascal restant près de la porte capitonnée pour prévenir l'intrusion de quelque huissier musclé portant son collier de chien de garde du patronat.

— Mais n'est-ce pas si vous aimez mieux… commença le jeune homme bien peigné à la raie énarque au milieu, signe de reconnaissance des militants de l'extrême centre et des obédiences molles.

— Que dalle, le coupai-je, pouvez-vous appeler votre rédacteur en chef de merde ?

— Ne me parlez pas sur ce…

— Ton clapet, Xavou, et envoie ta duègne promener les chiens, je veux voir Dâle avant que ce soient les flics qui le voient.

Monsieur de Sainte-Crâque dut saisir quelque obscure menace. Il appuya sur son interphone tandis que disparaissait l'éradiqueuse de notes de frais, un cocker égrillard sur les talons.

— Dâle, dans mon bureau, je vous prie, si vous préférez…

Pascal Delcroix contemplait les agrandissements photographiques ornant les murs directoriaux : Xavier au golf, Xavier avec Giscard, Xavier avec Mitterrand, Xavier sur la Côte d'Azur, Xavier remettant la médaille des Vieux Travailleurs à un jeune chômeur, Xavier en Grand Mufti de l'Ordre des Lèche-Douzils, Xavier planchant devant ses Très Vénérés Frères, manquait que Xavier à une partie de pénis ou recevant le ruban flatulent de la Grande Confrérie des Péteux.

Dâle entra dans le bureau de toute la vitesse de ses petites jambes arquées, l'air soucieux comme si le sort de l'information du monde reposait sur ses épaules malingres, paniqué à l'idée d'être convoqué abruptement par le grand patron.

Quel bon client ce péteux rédac'chef avait dû être pour le docteur Lemoine ! Que de coups de pied au cul avait-il à régurgiter ! Que de séances de divan pour extirper cette médiocrité galopante, ce mépris acerbe des lecteurs, cette lâcheté congénitale ! Quelle enfance mesquine était responsable de cette servilité, de cette bassesse ?

— Je préfère ne pas savoir, dis-je à mon rédacteur en chiffe, si vous avez fait imprimer *Le Turone déchaîné* uniquement pour me nuire ou parce que vous deviez trop de choses au docteur Lemoine…

— Méééé, tenta de braire l'âne en hochant du bonnet.

— Actuellement, poursuivis-je sans pitié, le docteur Sigismond Lemoine, qui vous traite depuis cinq ans pour des anxiétés bien compréhensibles quand on vous voit et qu'on vous lit, est entre les mains de la police. Nul doute qu'il va s'y épancher très largement, très longuement et même en travers. Dâle, vous êtes un mauvais confrère, vous êtes un mauvais tout court. Tous ceux qui vous ont aidé, vous avez essayé de les descendre. Vous avez monté des complots, vous avez balancé tout le monde à tout le monde et réciproquement. C'est votre jeu et, à la limite, tant de dégueulasserie inspire davantage de pitié que de colère…

— Je m'insurge, essaya-t-il encore, coupé sans pitié par Sainte-Crâque qui l'abandonnait aux chiens et qui ne devait pas tout à fait avoir le derrière non breneux dans cette édition clandestine du *Turone déchaîné* étalée comme un caca d'olive sur son bureau.

— Fichez-nous la paix, Dâle, ce n'est certes, je veux dire, pas très confraternel d'avoir participé à cette… chose, mais après tout, si vous voulez, je veux dire, vous-même, Jerbiskoff, n'êtes pas ennemi de la polémique, du pamphlet, que sais-je, n'est-ce pas…

— Ils sont répugnants, pas vrai ? demandai-je à Pascal qui opina avec gravité. Non, monsieur de Sainte-Crâque, je pardonne même à Dâle, cette couche-culotte souillée, la publication de cette photo nauséabonde et même les rumeurs de mouchardage qu'il a fait courir sur moi dans la rédaction. C'est dans son rôle de traître, de maître-étalon de la couardise et de la trahison…

— Alors, passons l'éponge, dit jovialement le gengendre à sa mémère tandis que le rédac'chef restait coi comme un hareng saur, pétrifié par l'exécrable jeu de mot directorial sur son nom. D'autant que plus rien ne justifie, si j'ose dire, l'intrusion de la police dans cette affaire purement journalistique où la déontologie…

— Vous avez raison, l'interrompis-je, mais ce qui va la justifier, c'est le fait que monsieur Dâle a glissé ici même, dans la doublure de mon imperméable, une centaine de grammes d'héroïne et qu'un médecin connu de la place a été inculpé pour cette raison.

— Ma nana, dit Pascal avec cordialité.

— Alors je vous laisse, finis-je avec lassitude, je quitte votre boue et votre journal avarié. Démission avec clause de conscience, vous voyez que je trempe même mes biscuits dans votre boue. Cela va faire un bon paquet de patates, de quoi voir venir dans certaines îles sous le vent. A ne pas vous revoir, monsieur de Sainte-Crâque.

Je fis un raide demi-tour, laissant deux statues de fiel dans mon dos et, suivi d'un Delcroix hilare, je m'éloignai en claudiquant.

Dans la rue de la préfecture, j'empruntai une grande bouffée d'air à cette fin décembre 1981 où la neige n'avait pas voulu attendre Noël, où toute l'eau du ciel était partie dans les égouts.

— Alors, dit Pascal, c'est vrai, tu pars aux antipodes ?

— Oui, dis-je, j'ai lu tous les livres et j'ai déjà donné…

7

Arrivés au terme du manuscrit, il serait peut-être temps pour nous tous de faire le point, comme aurait dû dire le commandant du *Titatanic* juste avant la fatale rencontre. Je sais bien que ces récits enchevêtrés ont quelque chose de profondément irritant, mais comment faire pour évoquer la disparition d'un personnage aussi ambigu que le seigneur Djerbitskine, dit Machin, les différentes facettes que son tapuscrit et les témoignages que j'avais pu recueillir avaient pu nous révéler ?

C'est en tout cas ce que j'essayai de dire à Moune qui était toute à son choix de toilette pour le soir, ce qui prouve que même la fille qui a la tête la mieux pleine se la joue souvent la mieux faite. Comme je n'avais pas à me changer, j'en avais profité pour cueillir une mignonnette d'anisette dans le frigo et, l'ayant abondamment noyée dans l'eau et les glaçons, la sirotai en contemplant les reposants poissons qui ne s'appelaient ni Grisbi ni Rififi, mais gobis et communards et qui frétillaient doucement dans le soir qui tombait doucement avant que de tirer brutalement le rideau sur un coucher de soleil flamboyant.

— Tu comprends, dis-je, dans le roman *J'ai déjà donné*... de notre camarade, il y a toutes les ambivalences de son existence et de son passé. Il se donne en homme d'ordre et d'honneur et il balance en donneur tout en adhérant à une société secrète qu'il feint de mépriser. Il professe de haïr les homos mais fréquente assidûment la boîte à travelos en dessous de chez lui. Il joue de son ascendance slave et aristocratique tout en sachant confusément que tout cela n'est qu'esbroufe et poudre de perlimpinboyard. Réfugié ici parce qu'il était au bout du rouleau en Touraine...

— Savait-il qu'il avait un ancêtre au bagne ? m'interrompit distraitement la belle môme qui hésitait entre une robe crème rosé très échancrée dans le dos et une robe rosé crème fort décolletée sur le devant. Allait-il à la recherche de son passé ?

— Peut-être son grand-père s'était-il un jour coupé dans ses mythomanies (je te rappelle qu'il inventait des machines à enfoncer les punaises) et que ça lui a mis lapsus à l'oreille, répondis-je. Mais surtout, plus que le passé trouble de son ancêtre, il voulait fuir son présent minable : son ex-femme camée à mort, son boulot pourri, ses fréquentations minables, sa considération de lui-même évanouie, il ne restait plus que la cavale, au plus loin...

— Et là, il retombe dans le même schéma, dit-elle en ayant finalement opté pour une troisième tenue, jupe fendue de taxi-girl saïgonnaise écarlate sous un caraco hawaïen rouge et hibiscus à col montant. Océane qui le cocufie et qui picole comme l'autre se choutait, les homos qui l'attirent toujours autant – oui, j'ai oublié de te dire, c'est Josette Ladronne qui me l'a avoué, il fricotait avec les petits "rérés" wallisiens ou tahitiens du territoire, dont son voisin du Vallon-Dore…

— Merci pour le tardif renseignement ! dis-je amèrement.

— Si tu ne passais pas ton temps à précipiter des voitures dans des piscines, fit-elle avec mauvaise foi, ou à dormir comme une souche et en ronflant comme une tronçonneuse, remarque bien, je pourrais peut-être trouver le moment pour te causer…

— Ouais, dis-je, mais c'est pas du français que tu me causes, c'est de la peine… Revenons à notre bouzin : chantage, comme il le pratiquait en Touraine grâce à son boulot et qui explique pourquoi Xavier de Sainte-Crâque l'a laissé démissionner avec grosse indemn' à la clé, rapport avec les flics, en l'occurrence ton chevalier servant de ce soir, organisation de séances spéciales, bref, la belle panoplie du parfait dégueulasse.

— Mais on ne peut pas vraiment lui en vouloir, dit-elle en pirouettant sur elle-même devant la glace, apparemment fort satisfaite de sa petite personne. C'est un dégueulasse malheureux mais tellement gentil…

*

Depuis qu'il était devenu un homme aussi éminent politiquement que proéminent ventralement, Paulo

Carrière avait changé de piaule mais pas de femme et c'était toujours l'aimable Janine, pure Viet, elle, à la gentille face lunaire et aussi silencieuse que son homme était prolixe, qui m'accueillit dans leur somptueuse maison de la vallée des Colons, dans le quartier historique de Nouméa. J'avais pu constater en passant place des Cocotiers combien le cyclone Erica avait déglingué les rares arbres qui donnaient son nom à la place du centre-ville, épargnant peu ou prou les magnifiques flamboyants alors en pleine floraison et dont le rouge éclatant de leurs fleurs seyait bien au gros des oiseaux-lunettes qui piaillaient sur leurs branches.

Gros dégâts également sur les sept collines qui, comme à Rome, donnaient à Nouméa cet air bosselé implanté dans l'océan qui avait découpé la ville comme une feuille de platane. Mais la villa de Paulo n'avait pas souffert, pas comme la bouteille de J&B qui était déjà largement entamée lorsque j'arrivai après avoir annoncé ma visite sur mon portable.

Et chez Paulo, que Dieu me claquesonne si je ne trouvais pas, confortablement assis sur le canapé, le dénommé Jean-Jean Boutboul qu'on m'avait décrit comme le saprophyte préféré du président Martin (que Dieu le protectionne) et qui me contemplait avec un bon sourire qui me fit presque oublier que stationnait dehors une Nissan noire tout-terrain aux vitres teintées, celle-là même qui nous avait fait un brin de filoche de la sortie de Dumbéa au Kuendu Beach Resort.

Après les salamalecs d'usage, la dose de ouisquie pâle et les amuse-gueules apportés discrètement par Janine, ce fut Boutboul qui prit la parole, étant bien décidé moi-même à ne pas l'ouvrir auprès de Paulo qui m'avait averti que l'individu couchait avec Océane.

Mais ce fut lui qui en parla le premier et de fait, tout ça semblait très raisonnable :

— Océane est chez moi, dit-il, et vous pouvez la voir quand vous l'voule. Je l'aime bien cette petite et il faut qu'on essaie tous ensemble, à former à elle une chaîne pour la sortir de son triste état que ça me met moi-même dans la fiction, la mort de ma mère si je mens…

Je reconnus à cela qu'il était pied-noir et qu'on n'était pas sortis de l'auberge hispano-mauresque.

— Je t'ai fait un bout de conduite t'à l'heure, on va se tutoyer, hein, on est comme qui dirait famille – je me gardai bien d'approuver –, des fois que tu te perdes toi aussi dans les Koghis, c'est dangereux là-haut, l'altitude, les bêtes sauvages…

— … les fougères arborescentes et le roi de la jungle, l'interrompis-je excédé. Bon, je peux voir ma cliente quand ? A-t-elle rassuré son fils, au moins ?

— Ouiiii, casse pas la tête, elle a bigophoné devant moi, ma parole et elle s'excuse bien qu'il t'ait flanqué à la baille et tout ça ! Mais c'est du passé, ce coulo de Machin est mort et enterré, faut qu'elle refasse sa vie…

— Avec vous ? l'interrompis-je froidement.

— Non, je suis marié, moi, la mort de mes os mais un gentil garçon qui ne picole pas et qui n'est pas aussi… imprudent que l'était Machin et…

— Machin était un terme affectueux, le coupai-je à nouveau et je ne suis pas sûr qu'il vous considérait comme un ami. Vous pouvez peut-être nous laisser, j'ai à parler avec mon cousin…

Pas plus refroidi par mon attitude que si j'avais soufflé dans une merguez, Jean-Jean (qu'on appelait Zanzan, évidemment comme il tint à me le spécifier) prit congé avec un sourire tellement falso qu'on aurait cru Pilate en train d'aller chercher ses deniers et nous nous retrouvâmes tous les deux, Paulo et moi, Janine qui n'appréciait manifestement pas Zanzan nous faisant frire des nems à la cuisine.

— Je n'ai pas pu l'empêcher de venir si t'aimes mieux, rota Paulo, mais l'ongulé y tenait. En plus, ça te donnait des nouvelles d'Océane. Des fois que tu aurais eu des putains d'inquiétudes.

— J'ai effectivement eu des putains d'inquiétudes, dis-je, mais une surtout : qui est dans la tombe de Païta et où est Machin, mort ou vif ?

— Mystère et goule de bonne, dit-il en servant un troisième verre du liquide ambré des hauts plateaux scottiches, l'ongulé peut aussi bien être planqué en brousse que largué au-delà du récif avec un parpaing aux putains de pieds.

— Et qui aurait eu intérêt à le faire disparaître ? interrogeai-je. La bande à Zanzan, tes employeurs ?

— Que t'chi, dit-il, si t'aimes mieux, personne avait intérêt à faire un ongulé de scandale avec tout ce que ton pote maquillait et tuer un putain de journaliste, c'est jamais bonnard. Si ça se trouve, c'est cet ongulé qui a organisé lui-même sa propre disparition et il est retourné en Zoreillie chez les vous z'ôtes, ou réfugié au Vanuatu, ou en Australie, va savoir. Il s'était pris de passion pour les ongulés de *pokens**, au point de vouloir écrire un empistaché de bouquin d'aventures qui se passerait dans le bush si t'aimes mieux…

J'étais sceptique mais ça pouvait se tenir. Je ne parlais pas à Paulo des antécédents bagnards de Machin qui semblaient être demeurés secrets, sauf pour monsieur Cavalier qui les avait détectés – et dont je me garderais bien de faire état auprès de Louis-Ferdinand Djerbitskine à qui je passais d'ailleurs un coup de bigo pour m'assurer que Zanzan ne m'avait pas menti –, ni bien sûr de la cassette porno. Je ne voyais pas non plus l'utilité de voir Océane qui m'avait mené en bateau et qui savait parfaitement que les restes n'étaient pas ceux de son compagnon.

Je dégustai donc les nems de Janine et pris congé au volant de la petite Suzuki pour aller faire, comme tout bon Calédonien qui se respecte, le tour des plages, de la baie des Citrons à l'anse Vata en prolongeant par la promenade Pierre-Vernier pour revenir au point de départ de la baie de la Moselle où luisait dans la nuit le vaisseau fantomatique de la

* Surnom donné en Nouvelle-Calédonie aux Australiens à cause de l'expression "*English Spoken*".

Maison Bleue, mouillée à couple du yacht du président Martin.

Toutefois, comme je suis un bon père adoptif, je m'arrêtai devant le casino du Surf où j'avais laissé Moune dans son affriolante tenue saïgonnaise des années cinquante. Le Gecko avait beau sembler être un parfait gentilhomme, les regards que ces deux-là avaient échangés n'étaient pas sans me titiller l'aorte que l'âge doit maintenant commencer à boucher (on aura toutefois remarqué que je ne fumais plus depuis plus de cinq ans). Je m'assurai que ma tenue était correcte mais il y a belle heurette qu'on n'impose plus les cravetouzes dans les lieux de jeu, passai devant l'enfer des bandits manchots et dus tout de même présenter une carte d'identité à l'entrée des salles.

Le superbe couple que formaient le commissaire et mademoiselle Monique Delcroix pour l'état civil (lui en costume de coton blanc colonial, elle comme je l'ai dit, tout droit sortie de l'hôtel Continental) était assis à une table du bar et un gros tas de jetons devant elle montrait que ma fille était aussi heureuse au jeu qu'en amour (?).

Sans y être invité autrement que par la puissance paternelle, je m'installai à leur table, un serveur accourant immédiatement pour prendre ma commande qui n'était que de Perrier pour faire passer les trois ouisquies de Paulo.

— Bonne ferte, Moune ? demandai-je en matant les jetons.

— A la roulette, dit-elle fièrement. Gilles m'a beaucoup aidée en m'expliquant les règles du jeu…

— Et peut-être plus si affinités, murmurai-je *in petto*, un peu jalmince je l'avoue.

— Et vous, bonne pioche ? interrogea courtoisement le Gecko.

— J'ai retrouvé Océane, dis-je à Moune. Elle est chez le dénommé Zanzan Boutboul.

Ce qui fit siffler discrètement le commissaire K. et plissa ses yeux bleus de Terence Hill des antipodes.

— Ce n'est pas ce que j'aurais trouvé de mieux pour elle, fit-il en portant un toast (ils buvaient du champagne rosé, une abomination selon moi). Vous voulez que je m'en occupe ?

— Elle est majeure et pas retenue contre son gré, semble-t-il, maugréai-je, mais c'est vrai que je préférerais la savoir avec son fils. Comme j'ai préféré savoir que Machin ne reposait pas à Païta.

— Ah oui, fit le Gecko qui darda un petit bout de langue reptilienne entre ses lèvres sur une amorce de sourire, c'est votre opinion ?

— La vôtre aussi et à peu près celle de tout le monde, dis-je, sauf celle du juge, apparemment.

— Oh la Justice, dit-il en écartant les bras comme s'il allait dégainer deux colts pour un duel dans la rue principale de Tombstone, ça va, ça vient. Depuis mai 1981, la "force injuste de la Loi" a fait des ravages…

— Je rentre, dis-je à Moune, tu viens avec moi ou tu restes ?

— Je reste encore un peu, petit papa Pascal, dit-elle avec un sourire dévastateur. Il me reste encore des jetons à jouer.

— Alors, fais bien attention aux faux jetons, dis-je pour avoir le dernier mot.

*

La nuit, tous les Kanaks sont gris mais les Wallisiens aussi et c'est comme les hérissons en métropole, ils se jettent facilement sous vos roues. Je roulai donc avec prudence jusqu'à Nouville, la pétulante jeep ronronnant comme une chatte de gouttière. Où était mon gros pote ? Si ça se trouvait, pas loin, à me surveiller en ricanant, pourquoi pas dans cette voiture qui me suivait sur la route de l'ex-bagne ou dans cette autre que je venais de croiser et qui arrivait de l'hôpital psychiatrique où étaient morts les derniers relégués de la transportation pénitentiaire. Quel destin que celui du trisaïeul de Machin, petit faussaire charismatique devenu homme d'affaires prospère et son fils, repris par les démons du crime, qui reperdait tout.

Je comprenais qu'il ait été fasciné par cette ascension puis par cette descente aux abîmes et plus encore, qu'il ait été horrifié par l'imposture familiale qui lui avait fait croire, pendant toute son existence, qu'il descendait d'une aristocratique famille de l'Est pour découvrir qu'il s'agissait en fait d'un voyou faux-monnayeur, peine passible alors des travaux forcés à perpétuité, un avertissement que nos anciens francs portaient encore mais que les euros ont gommé, comme le reste.

Avait-il organisé sa disparition comme il avait organisé son départ de *La Nouvelle-République du Val-de-Loire* ? Prémédité sa mort comme il avait prémédité et arrangé celle de Jean-Loup Muller dont son ex et le docteur fou n'avaient été que les instruments ? Et pourquoi cette rage de détruire, de SE détruire en confectionnant lui-même, j'en suis certain, ce torchon de *Turone déchaîné* qui le dénonçait, vilaine tache verte fabriquée hâtivement avec, j'en étais persuadé, la complicité de Charbo ? Comme c'était lui, évidemment, qui avait laissé dans la doublure de son imperméable les cent grammes d'héroïne qui avaient servi à coxer Sophie…

Quelle accumulation d'actes négatifs pour se retrouver au bout du monde avec pratiquement les mêmes pépins qu'en Touraine, les mêmes désillusions, les mêmes ratages ! Fallait-il croire, comme Chéri-Bibi, à la Fatalité et s'exclamer de sonores *Fatalitas* en se frappant la poitrine ou penser que le destin était décidément un bandit plus que manchot qui cliquetait jusqu'à la mort ?

Je n'étais pas d'humeur joyeuse en regagnant mon bungalow (la réception m'apprit que le lendemain matin, j'aurais une nouvelle 206 de louage et où je récupérai le dossier *J'ai déjà donné…* et celui, généalogique, de Max Cavalier) et pour me détendre, je me glissai nu dans le Jacuzzi de la terrasse, face au moutonnement de la mer douce qui était à marée basse et faisait entendre des petits grognements de crabes laineux, au-dessus de ma tête, la Croix du Sud signait un ciel que je ne connaissais pas d'un paraphe étincelant au milieu des Pléiades scintillantes comme des petites mouches lumineuses. Le ressac me berçait comme un chant de nourrice et au loin, le fracas atténué de la vague incessante sur le récif incitait à la brisure des rêves tropicaux.

— T'es encore pas mal à poil, dit Machin en se dressant devant mon spa-pool, tenant un grille-pain allumé au bout d'un fil électrique.

Ça doit s'appeler le coup du père Claude François, et c'est pas plus rigolo que ça.

8

Il est indubitable que tout instrument électrique plongé dans un liquide où est immergé un corps humain provoque une électrocution carabinée, c'est même un principe d'archi-merdre absolu.

— Tu ne vas quand même pas m'assassiner, Machin ? lui demandai-je en me redressant légèrement dans l'eau bouillonnante et bien moins transparente que celle que je voyais par les lattes de la plate-forme.

— Je ne crois pas, dit-il ; pas si tu ne bouges pas.

Le gros avait maigri ou plutôt s'était affaissé, avait rétréci, s'était ratatiné comme une limace ramassée sur elle-même. Il avait toujours sa chevelure intacte, portait un bouc méphistophélique et habitait un curieux scaphandre de survêtement trop grand pour lui, fluorescent comme un catadioptre et il était chaussé de tennis rubicondes. Il arborait un teint vert-de-gris, comme s'il n'avait pas vu le soleil depuis longtemps et qu'il avait trop bu ou trop fumé, ou les deux à la fois, et ses yeux étaient las comme ceux d'un cocker battu.

— Où étais-tu passé, gros ? m'enquis-je paisiblement comme si la situation était des plus normales, moi à poil dans un Jacuzzi en fusion, lui brandissant un grille-pain allumé comme la statue de la Liberté tient son flambeau, le tout sous les étoiles trouant un ciel austral sans le moindre nuage.

— Un peu partout, dit-il, je suis même partouze à la fois, ricana-t-il comme aux plus beaux jours de nos déconnades verbales, comme tu l'as entendu…

— Tu es au courant que j'avais cet enregistrement ? demandai-je.

— Je suis au courant de tout, je ne t'ai pas lâché, on ne t'a pas lâché depuis que tu as mis les pieds à la Tontouta et même quand tu dormais, on était là : filmé, tu étais mon bonhomme, il ne risquait pas de t'arriver grand-chose. Il a juste fallu que… ton fils ait essayé de te dégommater pour qu'on s'inquiète. Mais le grand héros s'en est sorti comme d'habitude…

— Euh oui, dis-je, avant de me rendre compte réellement de ce qu'il venait de dire… MON fils ? Tu veux dire le tien ? Louis-Ferdinand ? Ferdine ?

— J'ai bien dit TON fils, dit-il calmement : tu te souviens de cette nuit à trois que nous avions passée à Prony avec Océane, il y a presque vingt ans*. Elle a laissé des traces en la personne de ce petit con qui ne me ressemble pas mais qui a bien ton fichu caractère. Je le sais depuis toujours et c'est pourquoi j'ai insisté pour que tu sois son parrain. Ça fait aussi partie des raisons pour lesquelles j'ai voulu disparaître, pourquoi je me suis évanoui dans la nature…

* Voir *Joujoux sur le Caillou.*

Ne rien laisser de moi que des dérisoires restes d'un pauvre Canaque que j'avais déterrés du cimetière de Païta, une nuit, et que j'avais transportés jusqu'au mont Koghi.

— Mais pourquoi ?

— Dégoût de la vie, dégoût de moi-même, dégoût des autres. J'ai un passé pourri, un présent dégueu, un avenir infect. Quelques amis m'ont aidé à me planquer : le Gecko que tu connais, qui drague actuellement ou qui est même déjà couché avec ta Moune – qui est devenue une bien belle fille, par parenthèse, mon vieux Pascal ! –, Paulo, Océane, bien sûr, les Ladronne. Seuls Ferdine et les méchants, dont, comme tu n'as pas manqué de le découvrir, Zanzan fait partie, ne savent rien, Océane le tient par le bout de la queue. Et le juge non plus, bien sûr.

J'étais abasourdi, non par la résolution du mystère de sa disparition que j'avais éventé depuis longtemps, ou du moins fortement soupçonné, mais par sa révélation concernant cet ado pseudo-jamaïcain qui venait de me tomber dessus au moment même où il semblait que je perdais ma fille adoptive. Laquelle d'ailleurs paraissait avoir soupçonné cette parenté si je me souvenais bien de certaines allusions.

— Je sais trop de choses, dit-il, j'en ai trop vu et personne ne souhaite ni que je parle, ni que je disparaisse : il y a quelque part, dans une vieille cantine de fer enterrée qui date au moins du bagne où vécut mon trisaïeul, près de quarante kilos de documents divers qui peuvent faire sauter, sinon la République comme d'aucuns l'avaient promis, du moins une bonne partie du territoire. Et le bagne du pépé, ça aussi ça m'a fichu un coup de blouse.

— Alors que vas-tu faire ? interrogeai-je doucement pendant qu'il éteignait le grille-pain avant de le débrancher doucement et de le poser sur une chaise longue, hochant la tête comme si tout cela n'avait été qu'une bonne farce que nous nous serions faite en sortant du Petit Tonneau disparu.

— Repartir dans mes montagnes ou dans mes brousses de la chaîne, dit-il, ou parfois sur des îlots du lagon. Comme un bagnard évadé d'autrefois qui se nourrissait de rapines, qui devenait une espèce de frère de la côte. Je rejoins mon aïeul, vois-tu, je retrouve la chiourme, la “Belle” et la terrible loi du bagne : casse, cavale ou bascule. Je vais devenir une légende suburbaine, celle d'un homme qui n'existe pas.

Il restait sans doute bien des choses à élucider : qu'allait-il faire de sa cantine de révélations, le laisserait-on longtemps ainsi pérégriner comme une âme des limbes en quête de son purgatoire ? Machin était un roman noir désormais, un évadé de la planète des fous qui avait commencé en Touraine en plein Noël de cette année floue où nous avions grelotté de concert sur les routes verglacées pour finir, vingt ans après, dans la canicule moite d'un Noël austral.

— Qu'aurai-je été en définitive pour toi ? interrogea-t-il les larmes aux yeux. Un double grotesque, un faire-valoir pittoresque ou simplement comme un gros frère imaginaire ?

— Qui m'aura beaucoup donné ? interrogeai-je doucement alors qu'il se dirigeait vers la passerelle sans même m'avoir serré la main.

— Qui aura surtout beaucoup trop reçu, dit-il avec un sourire de vaincu.

Nouvelle-Calédonie, mars 1984 -
Paris, octobre 2003.

BABEL NOIR

Extrait du catalogue

15. PETER MAY
Le Quatrième Sacrifice

16. MICHÈLE LESBRE
Une simple chute

17. MICHÈLE LESBRE
Que la nuit demeure

18. ANDREW MCGAHAN
Derniers verres

19. PETER MAY
Les Disparues de Shanghai

20. JEAN-FRANÇOIS VILAR
C'est toujours les autres qui meurent

21. FRÉDÉRIC H. FAJARDIE
Gentil, Faty !

COÉDITION ACTES SUD – LEMÉAC

Ouvrage réalisé par l'Atelier Graphique Actes Sud. Achevé d'imprimer en octobre 2008 par Normandie Roto Impression s.a.s. 61250 Lonrai sur papier fabriqué à partir de bois provenant de forêts gérées durablement (www.fsc.org) pour le compte des éditions Actes Sud Le Méjan Place Nina-Berberova 13200 Arles. Dépôt légal 1re édition : novembre 2008
N° d'impression : 08-3418
(Imprimé en France)